JN118242

岡本さとる

時代小説文庫

角川春樹事務所

本書は、ハルキ文庫（時代小説文庫）の書き下ろしです。

目次

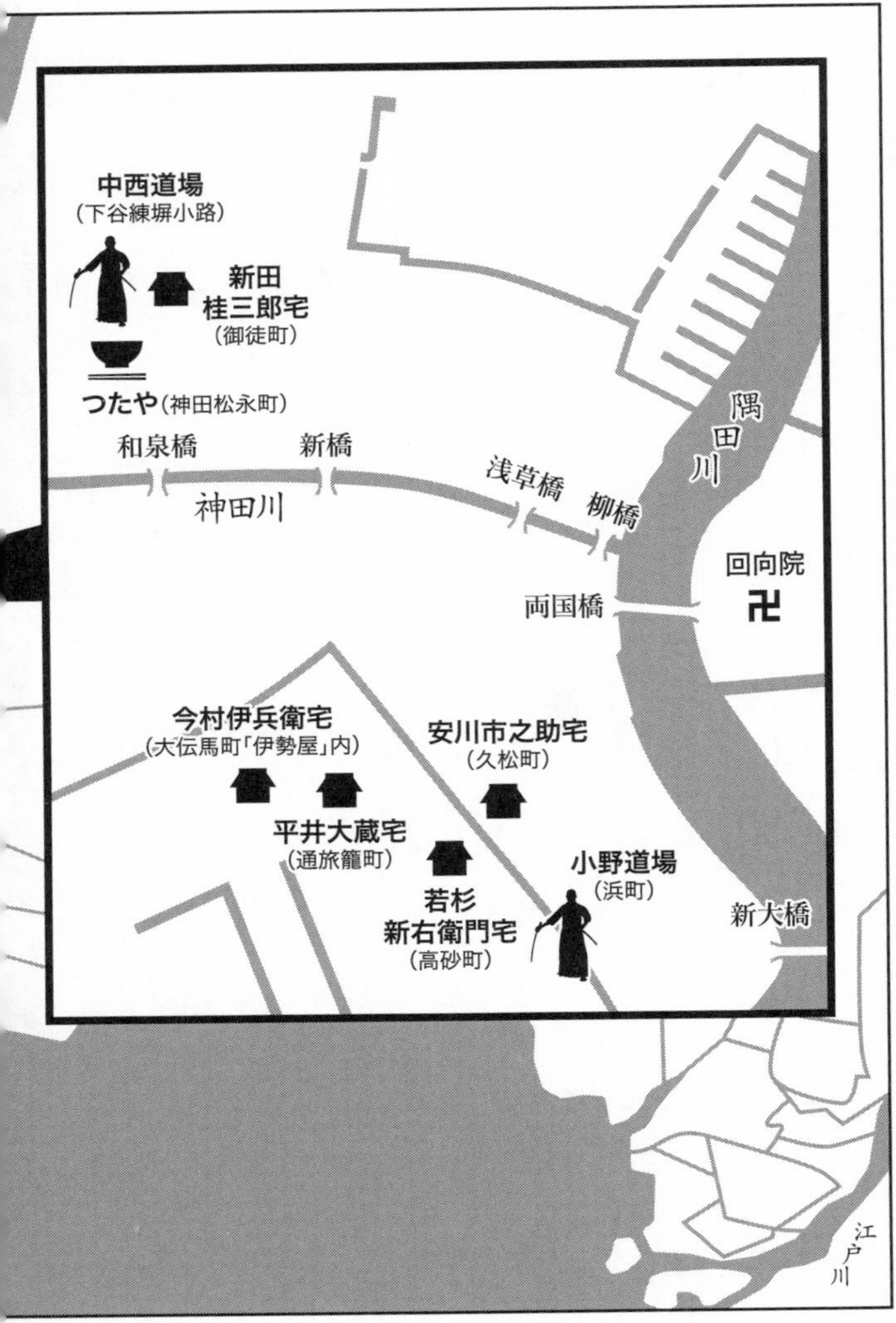

中西道場
（下谷練塀小路）
新田
桂三郎宅
（御徒町）
つたや（神田松永町）
和泉橋
新橋
神田川
浅草橋
柳橋
隅田川
回向院
両国橋
今村伊兵衛宅
（大伝馬町「伊勢屋」内）
安川市之助宅
（久松町）
平井大蔵宅
（通旅籠町）
若杉
新右衛門宅
（高砂町）
小野道場
（浜町）
新大橋
江戸川

「熱血一刀流」地図
吉原
寛永寺
不忍池
弁天堂
浅草
浅草寺
正覚寺
江戸川
小石川
湯島天神
上野
蔵前
神田川
神田明神
神楽坂
牛込御門
神田
浅草御門
両国橋
市谷
田安御門
番町
江戸城
日本橋
新大橋
四ッ谷御門
日本橋
隅田川
赤坂御門
赤坂
桜田御門
京橋
八丁堀
永代橋
日吉山王大権現社
虎之御門
芝
麻布
増上寺
北
西
東
南

主な人物紹介

中西忠太

豊前中津藩・奥平家の江戸表で剣術指南を務める、小野派一刀流の遣い手。小野道場を破門された五人と息子を門人に、一刀流中西道場を立ち上げる。

中西道場の門人たち

中西忠蔵

忠太の息子。小野派一刀流の道場に通っていたが、父親が立ち上げた道場に移った。

安川市之助

母・美津と二人暮らし。剣術での仕官を目指し、剣の才能に恵まれながらも、忠太に中西道場を破門された。

新田桂三郎

幕府の走衆を父に持つ三男坊。代々が武官の家であるため、自身も剣客を目指す。

若杉新右衛門

元々は八王子の郷士の息子。親許を離れて、江戸へ剣術修行に来ている。

平井大蔵

通旅籠町の医者の次男。男伊達を気取って喧嘩に明け暮れ、勘当されそうになり剣術を目指す。

今村伊兵衛

大伝馬町の木綿問屋の次男。祖先が武士だったことから、剣客を目指す。

胎動

熱血一刀流 二

第一話　ながぬま

一

「よくこれだけの武士がいたものだ……」

中西忠太《なかにしちゆうた》は呟《つぶや》いた。

宝暦《ほうれき》二年（一七五二）の正月を迎え、下谷《したや》練塀小路《ねりべいこうじ》は、年始の行事に出かける武士達で溢《あふ》れていた。

毎年のことながら、

「皆、どこへ行くのだろう。さのみ楽しそうにも見えぬが……」

正月を祝いに行くのであろうが、どいつもこいつもしかつめらしい表情をしていると、忠太の目には映るのだ。

そういう忠太とて、豊前中津《ぶぜんなかつ》十万石・奥平《おくだいら》家の家臣である。

小野《おの》派一刀流の剣客として人に知られているが、主家を持つ身には変わりなく、正月早々、築地《つきじ》にある奥平家上屋敷へ挨拶廻《あいさつまわ》りに出かけ、慌《あわただ》しく新年を迎えていた。

日頃《ひごろ》は自儘《じまま》に剣術修行をするのが許されているだけに、家中《かちゅう》のお偉方に会うと疲れてしまう。

「きっとおれも、その辺りを歩いている連中と同じような、しけた面をしているのであろう」

とどのつまりは、そこへ想《おも》いが至り、忠太は供をする息子の忠蔵《ちゅうぞう》と老僕《ろうぼく》の松造《まつぞう》に、

「どうだ？　しけた面はしておらぬか？」

時折、振り返っては訊《たず》ねるのであった。

「正月は嫌いだ」

忠太のような武芸者は、日々の修練の積み重ねが大事であり、祝いの酒に酔いしれて過ごす数日間はどうもいけない。

修行中とて酒は飲むが、あくまでも稽古《けいこ》をした上でのささやかな楽しみで、日々乱れがちな精神にさす油だといえる。

どんな求道者とて、人間である以上は、楽な方へと身心は傾《かたむ》く。

今は泰平《たいへい》の世であるだけに、

——おれは何を好き好んで、このような厳しい暮らしを送っているのであろう。

そんな想いが、ふと心の内を過《よぎ》ったりもする。

それが何よりも恐しいのだ。

とはいえ、年始を祝っての宴《うたげ》に出ぬわけにはいかず、

――早く平常に戻りたい。

心の内で叫び続けるのが、忠太の正月なのである。

今年はその叫びが、いつにも増して大きかった。

主家の挨拶廻りと共に、忠太は小野家への年始の挨拶もすませておかねばならない。

師であった小野次郎右衛門忠一《じろうえもんただかず》は、十四年前に亡くなっていて、当主忠喜《ただよし》は若年で師の曽孫《ひまご》に当るわけであるから、年々小野家への年賀も形だけのものになりつつある。

師範代として、小野道場の稽古場に立つ日数も少なくなっていたし、昨年からはいよいよ練塀小路の道場を始動させたので尚《なお》さらであるが、今年は少し様子が違った。

いささか縁遠くなったとはいえ、中西忠太は小野派一刀流道場にあって高弟であり、剣技抜群を謳《うた》われたのである。

将来を嘱望《しょくぼう》されている息子の忠蔵と訪ねれば、大いに歓迎されたものだ。

それがどうもよそよそしい。

丁重に扱ってくれるのはいつもと変わらぬのだが、皆あまり話したがらないのだ。

忠太は何に対しても熱情を注ぐ男で、飾らぬ人柄ゆえに誰《だれ》とでも会話が弾むので、行く先々でちょっとした人だかりが出来るのだが、その日はことごとく、挨拶だけで言葉が途切れてしまった。

――なるほど、そういうことか。

原因はすぐにわかった。

小野道場の御意見番・酒井《さかい》右京亮《うきょうのすけ》の存在であった。

右京亮は忠太の兄弟子で、千二百石取りの旗本。

剣に対する造詣《ぞうけい》も深く、将軍家の指南役を務める小野派一刀流の遣い手ということで、方々に顔が利く。

次郎右衛門忠一が亡くなった後、その嫡流《ちゃくりゅう》が次々と早逝《そうせい》する不幸に見舞われた小野派一刀流を下支えした功績は大きい。

だがそれゆえに、何かと出しゃばるところがあり、稽古には実践的な立合《たちあい》や仕合が必要であると考える忠太とは、以前から意見の対立があった。

それでも右京亮は忠太の実力は認めていたし、年賀の席で会ったからといって、剣術論を持ち出すことはなかった。

この数年は体調の悪さから、小野道場から足が遠のき、忠太も居心地の悪さを覚えたりはしなかった。

ところが昨年の冬に、右京亮はすっかりと体調を快復させて、再び小野道場の御意見番として君臨《くんりん》し始めた。

そして、中西忠太が小野道場を破門になったやさぐれ剣士達を集めて己が道場を開いたと聞き、練塀小路へ乗り込んで来た。

破門になった者達は、いずれも右京亮が嫌う、袋竹刀《ふくろじない》での立合を強く望んでいたというからだ。

果して右京亮は、中西道場が開発した、立合用の〝いせや〟という稽古刀を見つけ、

「よいか、剣術は子供の遊びではない。小野派一刀流の名において、玩具《おもちゃ》の刀で打ち合うような不様な稽古は控えるがよい」

と、忠太の稽古法に異を唱《とな》えた。

子供の遊びと言われて、忠太も我慢がならず、二人は言い争いとなり、一年の後に二十歳《はたち》前の小野道場門人と仕合をすることで決着をつける約束をするに至った。

人と口論になっても、どこか人を食ったようなおもしろみのある忠太は、

――ふざけるではない、この石頭が。

と腹を立てつつ、

──これで一年後の仕合が決まった、弟子達も稽古のし甲斐《がい》があるものだ。

内心ほくそ笑んでいた。

しかし、右京亮の方は、

「おのれ中西忠太め！　破落戸《ならずもの》を集めて喧嘩《けんか》剣法を始めるつもりか。いかに小野先生が奴《やつ》に、お前はお前の一刀流を切り拓《ひら》けと申されたとて、これは捨て置けぬ。そうではないか？」

と、怒り心頭に発し、

「二十歳前の練達の士を集めよ。この酒井右京亮が鍛《きた》えあげてくれるわ！」

そのように息まいているそうな。

となれば、忠太に余計な話をして、右京亮に睨《にら》まれるのも面倒であるから、小野家とその道場周りの者達は一様に、さらりと忠太に接するに止《とど》めていると見える。

「これは立派になられましたな。ますます御上達をされたようで、祝着に存じまする……」

若き当主・忠喜と対面し、その成長ぶりを称《たた》え、新年の挨拶を述べた時も、右京亮は後見人のような態度でその場に控え、

「おお、これは忠太殿か。若先生も楽しみになされておいでじゃ。そこ許《もと》ができそこ

ないの剣士をいかに育てあげるかをのう」

横から口を挟んだものだ。

「また色々と教えてくだされ」

忠喜は如才《じよさい》なく忠太に言葉を返したが、その目にはいささか困惑の色が浮かんでいた。

恐らく右京亮からは何度となく、

「武士の仕合は、いずれかが死ぬことを覚悟してのものでござりますぞ。ゆめゆめ袋竹刀などで打ち合《お》うて雌雄《しゆう》を決するなどという、子供の遊びに心を惑わされてはなりませぬ」

などと言い聞かされているのであろう。

その上で、今年の暮れか来年の始めに、中西道場の破落戸達に、小野派一刀流の仕合がいかに凄《すさま》じく厳しいものか、思い知らせてやるつもりだと、熱く語っているのに違いない。

忠太は、暮れに右京亮と交わした仕合開催についての約定には一切触れずに、小野道場を辞去した。

気分の悪さだけが胸に残り、彼の正月嫌いをさらに募《つの》らせていた。

――いや、しかしこれを気合に高めていかねばなるまい。

忠太は、生来の陽気さと負けぬ気の強さをもって、前だけを見つめていた。

「さて忠蔵、面倒な挨拶廻りは一通りすませたぞ。今年は共に強くなろうぞ」

そして、父の供をして例年にない緊張を覚えていた息子に語りかけた。

「はい。あのわからず屋の石頭を粉々に砕《くだ》いて、新たなる剣術が世に出たことを見せてやるつもりです」

忠蔵はきっぱりと応《こた》えた。

小野道場にあっては、中西忠太の血を引く俊英《しゅんえい》と期待されてきたが、その分彼は中西道場に身を置いたことで好奇の目で見られていた。

忠蔵がいなくなったので、己が存在を知らしめる時がきたとほくそ笑む者からの目。おかしな指南法に傾く父親に付合わねばならぬとは真《まこと》に哀《あわ》れなものよと、嘲笑《あざわら》う者の目……。

またひとつ歳《とし》を加えた忠蔵は、そのような様々な目が自分に向けられているのを肌身で感じていたのである。

「うむ、忠蔵、よく言った！」

父子《おやこ》は松造を連れて、その日は神田松永町《かんだまつながちょう》の一膳《いちぜん》飯屋〝つたや〟で新年を祝った。

中西家の食事処《どころ》となっているこの店も、寂しい独り者で賑《にぎ》わっていた。

〝出戻り〟で、気楽に茶屋を開いて暮らすつもりが、忠太に料理の腕を見込まれて、気がつけば一膳飯屋を開いていた――。

日頃はそれをいい迷惑だと愚痴《ぐち》っている女将《おかみ》のお辰《たつ》も、

「お正月は先生のお蔭《かげ》で楽しくすごさせてもらっておりますよ」

と機嫌がよい。

元は酒問屋の娘だが、嫁ぎ先の姑《しゅうとめ》にいびられて、これを酒の空樽《からだる》に放《ほう》り込んで出て来たお辰であった。

正月とはいえ、今さら実家に戻るのも気が引ける。

寂しい独り者達が、

「女将さん……」

と慕ってくれる店にいる方が、忙しくとも気楽でよいというのだ。

ここにも正月嫌いの女がいた。

「正月……？　正月だから何だというのだ。人はありふれた日々を送るのが何よりの幸せであり楽しみなのだよ……」

密《ひそ》かに闘志を燃やしつつ、忠太は三《さん》が日《にち》の最後の夜にしたたか酔った。

「先生、まったくその通りでございますよ」

「いやいや、先生の傍《そば》にいさせていただきやすと、もうそれだけで楽しくなりやす」

「若、ほんに好《よ》いお父上でございますねえ」

店の客達に声をかけられご満悦《まんえつ》の忠太の横で、

――その好いお父上が、稽古場では鬼に変わるのを知るまい。

忠蔵は心の内でニヤニヤしながら、何度も頷《うなず》くのであった。

父子の胸に同時に浮かぶのは、酒井右京亮が破落戸と斬《き》り捨てる、中西道場の門人達の顔であった。

新田桂三郎《にったけいざぶろう》、若杉新右衛門《わかすぎしんえもん》、平井大蔵《ひらいだいぞう》、今村伊兵衛《いまむらいへえ》――。

この四人もまた窮屈《きゅうくつ》な正月を過ごしているのではなかろうか。

或《ある》いは世間の正月気分に乗せられて、道場に姿を見せない者も出てくるのではなかろうか。

三が日はそれぞれ家の行事に身を置くようにと告げた忠太であった。

それが少しの間、顔を合わさぬだけで懐《なつ》かしくなる。

父子それぞれが門人達に想いを馳《は》せていた時、さてその四人はというと――。

彼らもまた道場への想いを募らせていて、四日の朝は家から逃げるようにして、練塀小路へとやって来たのである。

二

稽古場で顔を合わせた五人は、肩を叩《たた》き合い、乱暴な新年の祝いを告げ合うと、口々に己が正月を語った。

「お前らが羨《うらや》ましいよ……」

掃除をしながら口火を切ったのは新田桂三郎であった。

「忠さん（忠蔵）はわかってくれるだろうが、たかだか七十俵五人扶持《ぶち》だってえのに、武家は妙に格式張っていていけねえや……」

新田家は御徒町《おかちまち》に屋敷がある走衆《はしりしゅう》を務める御家人である。

貧乏御家人にも、あれこれ武家の儀式があり、まず父・九太夫《きゅうだゆう》に長男・彦太郎《ひこたろう》、次男・益次郎《ますじろう》と共に年賀の挨拶をしてから、支配の家へと父と共に挨拶廻りをして、三《み》筋町《すじまち》の本家へ出向く。

三筋町は二百石の大番士で御目見《おめみえ》得以上であるから、あれこれとうるさいことを言うらしい。

番方の家だけに、小野派一刀流のことにも詳しく、

「部屋住みの三男坊が、将軍家の御流儀でもある小野派の道場に通わせてもらっていたというのに、破門となって中西道場などに拾われるとは情けない……」

行けばそのような叱責《しっせき》を受ける。

その度に九太夫は、大きな溜息《ためいき》をつき、兄二人は小馬鹿《こばか》にしたような顔を向けてくるのはいつもと変わらない。

この度はついに、

「一年以内に、小野道場の腕自慢と仕合をすることになっております。その折はきっと打ち倒してみせましょうほどに……」

と、本家でぶちまけて、

「太平楽《たいへいらく》を申すな！」

皆まで言い終らぬうちに、九太夫から叱責を受けたのだという。

「そうか、そいつは悔しい想いをしたものだな……」

町医者の息子である平井大蔵は、神妙に頷いてみせた。

「おれは子供の頃から薬くさいところで育ったから、武家屋敷で暮らす御直参《ごじきさん》に憧《あこが》れたものだが、武家というのは本家分家と、面倒なのであろうな」

大蔵の正月は、平井家での新年の祝いの他は、早速父・光沢《こうたく》の手伝いをして、方々へ往診に出かける日々であった。

祝い酒に浮かれて、不調を訴えたり、誤って転び怪我《けが》をしたという慌て者などが数知れず、これでなかなかに忙しいのだ。

師の中西忠太は、三が日の間は自分もあれこれ行事があるし、時にはそれぞれの家でゆったり過ごすがよいと、稽古を三日まで休みにしたのだが、大蔵にしてみれば、家業を手伝わねばならぬ日が増えただけとなった。

「それはおれだって同じさ。桂さん、商人の倅《せがれ》ってえのもこれでなかなか面倒なんだぜ」

大蔵の嘆きを受けて、伊兵衛もつくづくと言った。

武家と違って商家は、大晦日《おおみそか》に新年の備えを徹夜でするゆえ、元日は寝正月となる。

そうして二日からが年始で、挨拶廻りに出かけたり慌しく過ごすのだが、

「おれは今村の家の養子になっているから、商人の挨拶廻りに一緒に出かけることもないんだ」

今村というのは、伊兵衛の生家である木綿問屋〝伊勢屋《いせや》〟に書役として出入りしていた浪人の姓である。

伊兵衛の父・住蔵《じゅうぞう》は、〝伊勢屋〟の家系は武士の出であることから、武家に対する

思い入れが強く、次男の伊兵衛が快活で利かぬ気であったので、

「よし、お前は武士になれ」

と、浪人に子がないのに目を付け、養子にしてしまった。その後すぐに形だけの養父も他界し、伊兵衛は店の敷地内に浪宅を与えられ、伊勢屋に出入りしながら暮らしている。

ゆえに彼は伊勢屋の倅ではあるが、既に今村伊兵衛という武士である。

伊勢屋の挨拶廻りに、武家の身形《みなり》で行くわけにもいかず、さりとて今村家は伊兵衛ただ一人。この三が日は、家の中にいて、来客の応対などに当るだけで、特に何をするわけでもなく暮らしたそうな。

「それは商人が面倒なのではなく、お前の家《うち》がややこしいだけの話だろう」

横合から若杉新右衛門が、からかうように言った。

「まあ、それはそうなんだが……」

伊兵衛が頭を掻《か》くと、新右衛門はからからと笑って、

「面倒なのはおれも同じだが、田舎には荒々しさを好む風情《ふぜい》があるから、おれは助かったよ」

得意げに語った。

喋《しゃべ》り出すと止まらないのが新右衛門の悪癖《あくへき》だが、掃除の傍ら聞くにはちょうどよい。

門人達が誰よりも案じていたのが、故郷へ帰っていた新右衛門のことだけに、新右衛門の笑顔とこの話に稽古場の内は、一気に明るくなっていた。

忠蔵の他は、皆が小野道場を破門になった後に中西道場に入門し直した恰好《かっこう》であったのだが、新右衛門だけが親にこの事実を伝えていなかった。

門人達の中で、彼だけが親許を離れて江戸で一人暮らしをしていたからだ。

若杉家は八王子《はちおうじ》の名主で、地元では郷士《ごうし》として武士の顔を持っていた。

新右衛門はその家の次男として生まれ、名主を継がずともよいので、江戸へ剣術修行に来ていた。

そして、生来の気性の荒さに加えて、都に出て来て遊びを覚え、桂三郎、大蔵、伊兵衛らとつるむようになり、相弟子達と喧嘩沙汰《ざた》を起こし破門されるに至る。

新右衛門は悩んだ。

父・半兵衛《はんべえ》は息子が小野道場に入門したことが自慢で、高砂町《たかさごちょう》に借家も用意してくれた上に、仕送りもしてくれていた。

破門されたなどと伝えれば、八王子に戻され、百姓として暮らすようにと叱責されるのは目に見えていた。

しかし、江戸に数ヶ月もいると、もう田舎で野良仕事をして暮らす気になれなかった。

武士としての立居振舞も板についてきていたし、用心棒稼業などしながらでも、剣術を磨いてみたいという気にもなっていた。

そこを中西忠太に拾われて、中西道場に入門し直した。小野道場の高弟である忠太の許で剣術に打ち込んでいるのである。今まで通りに親の厄介になったとて構わぬであろうというところだが、

「今に至る経緯《いきさつ》を、己《おの》が口から伝えて得心してもらうがよい」

忠太に諭《さと》されて、暮れから正月にかけて八王子に帰省していたのである。

大変な帰郷であると案じつつも、そこはなかなかに弁が立つ新右衛門である。

中西忠太がいかに勝《すぐ》れた剣客であるか、その忠太に特に選ばれて中西道場に入門したのは名誉なことである――。

そんな風に取り繕《つくろ》っていることだろうと、皆一様に思っていた。

「だがな、おれはありのままを親父《おやじ》殿に話したんだぜ」

と、新右衛門は言う。

四人が意外な顔をすると、

「初めは、口から出まかせに親父を言いくるめようと思ったんだがな。考えてみれば、おれは自分の意思で、小野道場の馬鹿野郎達とやり合って破門になったんだ。それを取り繕えば、忠さんや皆を馬鹿にすることになる。だから、ありのままを伝えたんだよ」

新右衛門の冗舌《じょうぜつ》ぶりは相変わらずで、忠蔵、桂三郎、大蔵、伊兵衛は、失笑を禁じ得なかったが、この言葉には一様に感じ入ったものだ。

「ありのままを伝えたら、親父殿は、よくぞ言ったと誉《ほ》めてくれたかい？」

忠蔵は、しみじみと問うた。

「いや、〝このたわけ者が！〟と、頭をはたかれた」

「何だそれは……」

「だが、己の一念をもって、稽古に励んでいるのなら、それが小野道場であろうが、中西道場であろうが、構いはしない……」

「そう申されたか。好い親父殿だな」

「それはそれとして、まずその証《あかし》を見せろと言われたよ」

「証？」

四人は小首を傾《かし》げたが、手は掃除を続けている。

稽古前後のこの一時が、猛稽古の中西道場にあっては唯一の楽しみなのだ。門人達も心得たものである。

「親父殿は村の腕自慢、喧嘩自慢を集めやがったよ。それで、こいつらを竹の棒で一人一人打ち倒してみろと」

「竹の棒で打ち合えだと？　そいつは荒っぽいな……」

短気ですぐに手が出る桂三郎が、目を丸くした。

「そこは江戸みてえにお上品じゃあねえのさ」

「それで、一人一人と立合ったのかい？」

「ああ相手は三人だった」

「どうだった？」

十六歳になってもまだあどけなさが残る伊兵衛は、興味津々である。

「それがな、見事に勝ったよ」

新右衛門の報告に、門人達は小さく歓声をあげた。

相手は、新右衛門が子供の頃から知っている腕自慢の百姓二人と、若杉屋敷に奉公する力持ちの下男であった。

いずれも歳は三十前後で、男として脂《あぶら》がのっている。

困ったことになったと内心冷や汗をかいた新右衛門であったが、竹棒を手に対峙《たいじ》すると、まったく恐怖がなくなった。

中西道場では、日頃から木太刀を手にした中西忠太と対峙しているのだから、その剣気に触れた者にとってこの三人は、案山子《かかし》のように映ったのである。

その上に、中西道場では、打たれてもあまり痛くない稽古刀〝いせや〟で立合もしている。竹棒で打ち合う度胸は身についていた。

武骨な郷士である父・半兵衛は、息子がいかに強くなったかを見極めたかったと見える。

半兵衛は新右衛門以上に、

「闘いに役立たぬ剣術など、習ったところで意味がない」

と、実戦にこだわっていたのだ。

「えいッ！」

気合もろともに、新右衛門は一人目の腹に突きを入れ、二人目は小手を打ち相手の竹棒を打ち落し、三人目は攻めをかわして、頭をこつんと打ってやった。

振り回すだけの喧嘩剣法など、足捌《さば》きと、あらゆる打突《だとつ》法を会得している新右衛門にとっては、何ほどのものではなかったのだ。

半兵衛は大喜びで、

「新右衛門、お前の新たなお師匠は大した剣客のようじゃ。お前もよう励んだ。まず願いを申せ、何でも聞いてやろう」

久しぶりに新右衛門に甘い顔を見せたので、

「それならば、三日のうちに江戸へ戻り、稽古に備えとうございます」

新右衛門はすかさずそう応え、よくぞ申したとさらに喜ぶ父に見送られ、帰府《きふ》を果したのだと言う。

「そいつは大したもんだ」

忠蔵と共に、相弟子達も大喜びした。

新右衛門の話にうそや強がりはあるまい。

となれば、新右衛門と同じ稽古をして、互角に打ち合う自分達にも、村の腕自慢を容易《たやす》く竹棒であしらえる実力が備っていることになる。

そこに想いが至って皆一様に嬉《うれ》しくなったのだ。

五人の若者は白い歯を見せ、笑い合った。

新右衛門が、八王子からいそいそと戻って来たように、五人は正月の間、無性に中西道場が恋しくなっていた。

道場に来たとて、世間の若者ならすぐに逃げ出すであろう猛稽古が待っているだけだというのに――。

「あの鬼師範め、いつかおれ達を痛めつけた罰が当るぞ！」

などと、稽古場でそっと毒づく日常に戻るだけだというのに――。

このまま小野道場の連中に馬鹿にされたまま終りたくはない。そのために堪《た》え難《がた》きを堪えるのだ。

五人はそのように自分に言い聞かせているが、それこそが剣術の深みであり、その魅力にいつしかとりつかれていることに、彼らはまだ気付いていない。

いつしか掃除も終り、いよいよ中西道場が初めて迎える〝初稽古〟となった。

「おお、皆、少し見ぬ間に随分と大人の顔になったな」

いつものように、掃除が済んだ頃を見計らって現れた鬼の師範は上機嫌であった。

この上機嫌が曲《くせ》ものなのだ――。

たちまち稽古場に張りつめた気が漂った。

年始の挨拶もほどほどに、いつもの稽古が始まった。

三

型、組太刀、打ち込み稽古、延々と続く素振り、稽古刀〝いせや〟を手に、師範・中西忠太に打ちかかる立合稽古、稽古場の内をひたすら走る駆け足……。

三が日の正月気分は、すべて四日の稽古で吹き飛んだ。

稽古が終った後の拵《こしら》え場に、五人はしばし座り込みつつ、

「もうすぐ節分だ。誰か年男を呼んでくれ」

「豆をまいてもらうのかい？」

「ああ、ここには鬼がいる……」

自《おの》ずとこんな会話が飛び出したが、三が日より心身がすっきりとしていた。

他愛もない会話が五人にはおかしくて、笑うと稽古で凝り固まった体の節々が痛むが、それさえも心地がよい。

笑えるだけの体力がついてきたから、猛稽古も苦にならなくなっていた。

苛《いじ》めるように体を動かせば、確実に自分は強くなっていくと気付いた五人には、中西忠太を〝鬼〟と恨《うら》むのではなく、そのように茶化《ちゃか》す余裕が身に付いていたのである。

何はともあれ、中西道場へ入門するしない、入門したとて気に入らなければすぐに

やめてやるなどと、どこまでも強がったり粋《いき》がったりしていた時期は過ぎた。

彼らの友情も、若者の集まりゆえ、喧嘩口論に揺れ動くことも多々あるものの、

――五人で小野道場の門人達との仕合に必ず勝つ。

その目標がある限り、根本から崩れ落ちることもなかろう。

そうなると、やはり気になるのは、これまでのどさくさで、一人道から外れてしまったかつての仲間のことであった。

「市《いち》さん、どうしているんだろうなあ」

拵え場や稽古場で五人が笑い合う一時に、未《いま》だにふっと口をつくのがこの言葉であった。

安川市之助《やすかわいちのすけ》。

小野道場を破門された剣士の一人で、今は中西道場の門人となった、忠蔵以外の四人の兄貴分的な存在であった。

気性が激しく、喧嘩っ早いのは皆と同じだが、なかなか剣術への造詣も深く、忠蔵とも親交があった。

市之助もまた、四人と一緒に中西道場に入門し直したのだが、誰よりも我が強く、入門して間なしに中西忠太と指導法を巡って衝突し道場を去っていた。

しかし、市之助との友情はこのまま終らせずに続けていこうとする忠蔵達五人は、そっと市之助の様子を窺《うかが》っていた。

彼は少しでも早く仕合に勝てる剣士になることを願っていた。仕合に勝てる剣士は目立ち易《やす》い。目立てば母一人子一人の今の境遇に苦労をする母を、すぐに楽にさせてやれる栄達も望めるのではないか——。

市之助はそのように思い、日々焦っていたのであろう。

その焦りから、

「まず体を作るところから始める」

という中西忠太の指南に苛立《いらだ》ちを覚えたのだ。

忠太は門人達が問題を起こすと、猛稽古を課したかと思うと、〝史記《しき》〟などを読ませて、稽古をさせない罰をも与えた。

市之助の焦りはついに怒りとなって爆発して、宥《なだ》めんとする伊兵衛を殴りとばし、それを忠太に咎《とが》められ、同じだけ殴られた。

何があっても、荒くれ剣士達に、

「辞めてしまえ」

という言葉を口にしなかった忠太もついに、

「出て行け！」

と、引導《いんどう》を渡してしまった。

こうなると忠蔵達は、忠太を諫《いさ》め、市之助を窘《たしな》め、うまくとりなすことなど出来なかった。

弟子への情熱は溢れんばかりの中西忠太ではあるが、

「おれは安川市之助を許さぬ」

未だにきっぱりと言い切る。

師の前で市之助の話を出そうものなら、弟子達には二千本素振りの罰が待っている。

とはいえ、中西道場の創立に際して、共に門を潜《くぐ》った仲間のことを忘れられるものではない。

五人は忠太の目を盗んでは、市之助の噂《うわさ》を持ち寄り、そっとその名を口にした。

稽古場に掛けられている名札は、師弟合わせて六枚であるが、忠蔵は密かに安川市之助の分も拵えてあった。

そしてこの一枚が壁に掛けられる日が来ることを、諦《あきら》めずに願っているのである。

四

その安川市之助はというと――。

正月三が日の間、彼は久松町《ひさまつちょう》にある浪宅と、玉池稲荷《たまいけいなり》に出ている水茶屋とを行き来することに時を費していた。

中西道場を出てからは、

「そのうちに、稼ぎながら剣術を学ぶ手立ても見つかりましょう」

と、母に胸を叩いてみせた市之助であった。

琴の教授という仕事を持ち、息子を剣術道場に通わせてきた美津《みつ》だが、市之助の目から見て決して体が丈夫な方ではない。

自分が稼げば、母の負担も減ると考えたのだ。

美津はそのような気の遣い方をする一方で、喧嘩沙汰が絶えず、違うところで母親に負担をかけてきた息子を叱《しか》りとばし、尻《しり》を叩いてでも、彼を剣術修行に専念させたかった。

亡き夫はさる大名家に仕えていたが、家中の内訌《ないこう》に巻き込まれ浪人となった。

それでも身に備った武芸はなかなかのもので、武をもって再び仕官が叶《かな》うであろうと思っていたところ病に倒れ帰らぬ人となってしまった。

その亡父の無念を市之助に晴らしてもらいたいというのに、せっかく伝手《つて》を頼りに入門が叶った小野道場を破門され、荒削りながらも剣才を買ってくれた中西忠太の道場からも出てしまった。

美津にとっては、叫び出したい想いである。

それでも、息子の市之助はもう今年で十九歳になっているのだ。

頭ごなしに叱りつけたとて、市之助がすぐに変わるとも思えない。

それに、本質を見誤っているとはいえ、市之助が自分を想い、彼なりに何とかせねばならないと考えているのは確かである。

まず世の中の厳しさを教えてやるためにも思うようにさせてみようと心に決めた。

琴の教授をする先で、多町《たちよう》の青物問屋の娘がとんだはねっ返りで、好い仲になりかけた大店《おおだな》の馬鹿《ばか》息子と喧嘩になり、嫌がらせを受けているという話を聞きつけた。

青物問屋では、そのお七《しち》という娘のために外出時には用心棒をつけることになり、適任者を探しているという。

金を稼ぐのがどれだけ難しく、やり切れぬものか、一度仕事をさせれば思い知るであろう。この際、用心棒をさせるのも市之助のためだと、あれこれ言わずに行かせてみた。

結果は、母が思った通りであった。

お七の供をして外出する毎日は、決して充実したものではなく、息子には、

「こんなことをしていてよいのであろうか……」

という新たな焦燥《しょうそう》が浮かんでいるのが手に取るようにわかる。

そのうちに、お七に用心棒がついていることに業を煮やした馬鹿息子が、大勢の破落戸《ごろつき》を送り込み、お七を攫《さら》わんとした。

市之助はもう一人の用心棒と共に、その奴らを見事に撃退した。

しかし、八人に対して味方は二人だけという危機を救ってくれたのが、中西道場にいる五人の仲間であった。

行く道が離れても、仲間としての交誼《こうぎ》は変わらない。

五人の友情に、市之助は感涙したのであった。

美津にはわかる。

あれこれと気持ちばかりが前に出て、信じるべき師に歯向《はむ》かい、共に歩むべき仲間から離れてしまった愚を、今市之助はつくづくと思い噛《か》みしめていることであろうと。

それがわかるだけに、美津は何も言わなかった。

お七の親からは大いに感謝されて、

「このまま店にいて、我《わ》が儘《まま》な娘に人としての手本を見せてやってくださいまし」

とまで言われたが、お七に忍び寄る黒い影は、これで打ち払われたのであるから、一旦《いったん》用心棒としての仕事からは離れさせてもらいたいと、市之助は身を引いた。

お七といれば、自分を見守り助けてくれた友達の顔が浮かんで、切なくなるからであろう。

そのように見てとった美津は、何も言わずに市之助の意思に任せ、一切口出しはしなかった。

青物問屋の娘を、悪漢から守ったという市之助の評判は静かに広がり、彼には新たな用心棒の口がすぐに舞い込んだ。そこにそのまま居続ける必要もなかったのだ。

今度の稼ぎ先は、玉池稲荷に出ている水茶屋であった。

水茶屋には、色鮮やかな前垂《まえだれ》に身を飾った茶立女《ちゃたておんな》がいる。

その辺りの掛茶屋などと違って、客達は美しい娘目当てに茶を飲みに行く。

娘の気を引くために、まとまった茶代を置いて帰るのだ。

そういう茶屋であるから、娘を巡って時に客同士の諍《いさか》いが起きる。

生きの好い若い武士が、いつも店の床几《しょうぎ》にいて茶を飲んでいれば、それが押さえとなって、気の荒い客達も少しは大人しくしているだろう。

その目論見《もくろみ》によって、市之助は正月三が日、水茶屋の床几に座って睨みを利かせつつ、朝から静かに茶を飲んで、夕方に店を閉める頃に浪宅へ帰るのである。

元日の朝は、母・美津と二人で一杯だけ盃《さかずき》を干し、年始を祝った。

膳には青物問屋から届けられた煮しめと、鯛《たい》の塩焼きが並んだ。

母子《おやこ》二人の元旦《がんたん》には十分過ぎるものであった。

しかし今年は、母子の間に交わされる言葉は、例年よりはるかに少なかった。

二人は互いに言葉を探っていた。

「今年の抱負《ほうふ》は？」

母が息子に問いかけるのも気が引けた。

その抱負を探すのが、市之助の抱負であるのは明らかなのだ。

市之助は金を自分で稼ぎながら、剣術の修行を続けてみせると美津に言ったが、その時点では、

「ここへ出向いて稼いでみせます」

という当てもなかった。

結局は美津が口を利いた先で用心棒を務め、かつての仲間達に助けられて、まっと

うしたのが現実である。

それでも、八人の破落戸を追い払う働きを見せて、新たな用心棒の口が転がり込んできたのはありがたいことだ。

水茶屋で三が日睨みを利かすだけで、一両をもらえる。

先日の青物問屋からは五両の礼金が舞い込んだ。

「あなたは食べていける分だけ働いてくれたらよいのです。欲張って本分を見失わぬようにお気をつけなさい……」

母からの言葉はそれくらいしか口をついて出てこなかった。

息子はというと、

「はい。承知いたしております。水茶屋の仕事がすめば、いよいよ新たに、剣術修行の道を求めるつもりです」

そう応えるしかない。

剣術修行の道といっても、すぐに見つかるとも思えない。

どこかの剣術道場に入門するべきであろうが、二道場から追い出されているのだ。

こんな履歴《りれき》は隠したとてすぐに知られるであろうし、十九歳になった自分を歓迎してくれるところなどあるだろうか。

そんな想いが頭を過り、抱負として語るには口が重くなる。

あたり障りのない年始の挨拶として言葉を濁《にご》し、市之助は朝の食事をすませると、逃げるように浪宅を出たのである。

五

「お茶をどうぞ……」

水茶屋の床几の隅に腰をかけ、往来の人の動き、店に茶を飲みに来る客達の様子をぼんやりと眺めていると、茶立女達が折を見て茶を運んでくれた。

「すまぬ……」

その度に市之助は僅《わず》かに口許を綻《ほころ》ばせてみせる。

——茶ばかり飲んでいられるかよ。

心の内で苦笑しながらも、

——床几に座って茶を飲んでいれば金になるのだからありがたいではないか。

すぐにそう思い直して、にこやかな表情を取り繕うのである。

表向きは、水茶屋の客を装っている。

一日中座っている客もないだろうが、来客達は次々と入れ替わるので、市之助を気にする者もあるまい。

睨みを利かすといっても、あまり凄《すご》んでいると客も目当ての娘と話しにくくなる。それでは店の商売に影響するので、安川市之助は店の主《あるじ》の知り合いの剣術修行の者で、店の女達からは、

「頼りになる旦那《だんな》」

として慕われているという体《てい》をとっているのだ。

体をとっているといっても、市之助は少し顎《あご》が尖《とが》った顔付きが冷たく醒《さ》めていて、それが何とも、

「好いたらしいお人……」

と、若い女達には映るようで、茶立女達は競うように茶を運んできて、市之助の気を引こうとする。

じっと座っている市之助は、その一瞬気が紛れるのだが、次第にそれも煩《わずら》わしくなってきた。

早く強くなりたい。

仕合で相手を颯爽《さっそう》と打ち負かし、その雄姿《ゆうし》を認められ仕官が叶う。

そんな夢を見ていた。

だが実際には仕合そのものが、泰平の世の剣術界では儀式的な存在になりつつある。

——と言ってなくなったわけではないのだ。仕合が忘れられつつあるなら、今こそ自分がその部門で目立つ剣士になろう。

強い想いが焦りを生んで、本来自分の頼みの綱《つな》であったはずの中西忠太に逆《さか》らって、稽古をする場を失ってしまった。

過ぎたことをとやかく言ってみても何も始まらない——。

母・美津は、しとやかであるが、そういう割り切った考えが出来る強い女である。

市之助が小野道場を破門になった時も、

「あなたにもいけないところがあるはずです。それを思い知りなさい」

と、叱責はしたが、その後、くどくどとは言わなかった。

中西道場を出た時も同じであったが、

「今度ばかりはきっと後で悔やむことでしょう……」

しばらくしてからぽつりと言った。

「過ぎたことは悔やむなと育てられました。そのようなことはありません」

その折、市之助はそう応えたのだが、

「あの中西先生は、いくら憎んでみても、ある時ふっと懐かしくなる。そういうお人のような気がします」

美津は珍しく、溜息をついた。

小野道場を破門になった若者達を、自分の道場へ迎えるに当って、中西忠太は自らそれぞれの許へと出向いた。

その折に、美津は忠太に会い、彼の人となりに触れていて、そう思ったのであろう。

「いえ、あの先生のことは、もうきっぱりと忘れてしまいました」

市之助は、忠太に殴られた上に放《ほう》り出されたのである。しばらく経《た》ったとて、母の言葉には到底納得がいかなかった。

すげなく言い捨てて用心棒稼業に臨《のぞ》んだのだが、日が経つに従って色んな大人に触れると、美津の言葉は現実になっていった。

ふとした時に、市之助の脳裏《のうり》に中西忠太の顔が浮かぶのだ。

「出て行け！」

と言いながらも、忠太の目には光るものがあった。

言っていることがさっぱりわからず、きちんとした説明がないままに厳しい稽古を強いる、

「ふざけた師範だ」

と思ってきたが、五人でかかっても、自分達の袋竹刀をかすらせもせず、叩き伏せるほどの豪の者が、泣きながら怒るのだ。

不気味としか思えなかったが、あの熱血を持ち合わせている男はまずいない。

――ふん、その熱さがこっちには迷惑なんだよ。

そう斬り捨ててみても、やはりあの顔がまた浮かんでくる。

正月三が日は、特に辺りが賑やかなので、水茶屋にいて座って茶を飲んでくれるだけでいい。

三が日は、美津は方々から琴の演奏をしてもらいたいと引っ張りだこで、朝から夜まで浪宅にはいない。

正月くらいは家では母の手伝いをして、外出の折は供をしてやろうと思っていたが、当てが外れてしまった。

「あなたに稼いでもらわなくても、わたしには琴という芸があるのですよ。あなたも武芸を磨かねばなりません」

無言のうちにそう言われているような気がして、市之助は水茶屋からの依頼を受けたわけだが、床几にじっと座っていると、中西忠太と、自分を取りなしてくれようとした、仲間五人の顔ばかりが浮かんでくる。

小野道場でも中西道場でも、

——こんな稽古をしていては、いつまでたってもおれは強くならない。

と、いつも焦りを覚えていたが、今の自分はただ床几に座っているだけではないか。

今この一時も、自分の体は鈍《なま》っていっているのに違いない。

用心棒などと腕自慢を気取っているが、少しばかり剣術道場に通っていたからと言っても、そこで得た術《すべ》などたかがしれているのだ。

術があるとしたら、方々で喧嘩沙汰を起こして得た腕っ節だけで、武士の恰好をしているから、その辺りの兄さん達は一目置いてくれているに過ぎない。

その想いは、以前の数倍も市之助を焦らせていた。

——強くなりたい想いが、おれをどんどん弱くしていっている。これではいけない。せめて誰か喧嘩でもおっ始めてくれ。そうして、おれが割って入ったら、〝何でえ三一《さんぴん》、若造は引っ込んでやがれ！〟なんて言って絡んでくれ。そうすれば、おれも一暴れできるってもんだ。

どっしりと構えて、床几で客達の様子をそれとなく見ているはずが、三日目になると退屈過ぎて、余計なことばかりが頭に浮かび、市之助はずっとこんな言葉を心の内で叫んでいた。

三日目の昼下がりであった。

「おい姉さんよう、そんな野郎に構ってねえで、こっちに茶を運んでくんねえ」

「おい、おれのことを〝そんな野郎〟とぬかしやがったのはお前か……」

「そんならお前は、どんな野郎なんでえ」

「今、どんな野郎か教えてやらあ！」

遂にそんな勇ましい言葉が聞こえてきた。

見れば、一人の茶立女を巡って、勇み肌の若い者が二人で言い争い、今にも喧嘩が始まりそうである。

――よし、これで退屈しのぎに暴れられるぜ。

市之助は、じっと床几に座っているだけの拷問《ごうもん》のような仕事に、もはや堪えられなかった。

さっと立ち上がると、二人の男の間に割って入って、

「おいおい、どこの兄さんかは知らぬが、おれはこの水茶屋の主とはちょっとした知り合いでな。ここで喧嘩するというなら、一人一人おれが相手をするから、そこの空き地へ顔を貸してもらおうか」

そう言って凄むと、腰の大小を床几に置いた。

「喧嘩の間、ちょいと預けておくよ」

そして男二人が取り合っている茶立女に頼んで二人の男を睨みつけたものだ。

町の者相手となれば、得物《えもの》を振り回すわけにもいかない。

となれば剣術の稽古にはならないが、久しぶりに己が身のこなしを確かめられる。

見たところ、客の男は二人とも体が引き締まっていて、いずれも喧嘩っ早い職人風である。

腰の大小を置いて凄めば、二人から見ると自分は明らかに年下の男なのだ。

「武士だか侍だか知らねえが、おれ達の喧嘩の邪魔をするなら、まず手前《てめえ》からぶちのめしてやるぜ！」

とくるだろう。

二人共、そんな強い目を市之助に向けている。

――おれは武士だ。剣客の端くれだ。こんな素人に負けてなるものか。

市之助は、水茶屋の客と女達が固唾《かたず》を呑《の》んで見守る中、五体に気合を充満させた。

ところがである、

「こいつはおみそれいたしやした……」

と、一人が言えば、

「腰の物を抜いてそう言われたら、おれ達も引くしかありやせんや」

と、もう一人が嘆息した。

「いやいや、お若えのに、近頃勢いのある旦那だ」

「まったくだ。仲裁していただいてありがとうございます」

それから勇み肌二人はあっさりと手打ちとなった。

「………」

市之助は、まったく言葉が出なかった。

こうあっさり引き下がられると、振り上げた拳《こぶし》を引っ込めるにも技がいる。

恰好よく諭すほどの貫禄《かんろく》もなく、

「それは……、どうも……」

しどろもどろになって、腰の大小を再び拾い上げて、元いた床几に帰るのが何とも無様に思えた。

それでも、喧嘩を戦わずして収めたのだ。

店の者達は喜び、市之助に称賛の目を向けたが、すっかり拍子抜《ひょうしぬ》けした市之助は、それからがぶがぶと茶を飲んで、空ばかり見上げていた。

雲の上にはやはり、中西忠太とその門人達の顔が浮かんでいる。

明日くらいから、中西道場の稽古も始まるのであろうか。

こんな毎日を送っていては心が荒《すさ》み、体は鈍る一方だ。

市之助はこうして焦りに焦りつつ、宝暦二年の正月三が日を終えたのである。

六

焦りに焦りつつも、己が道を行かねばならぬ安川市之助であるが、その意味では中西忠太もまた新年を迎えて焦っていた。

いや、市之助の焦りなどより、さらに深刻なものであると言えよう。

酒井右京亮が選ぶ剣士達との仕合は、刻一刻と迫ってくるというのに、門人達の実力はなかなか伸びてこない。

息子の中西忠蔵が、頭ひとつ出ているが、小野道場には忠蔵くらいの遣い手はごろごろといるであろう。

新田桂三郎は負けぬ気の強さは大したものだが、上背がある割に技が小さくまとまり迫力がない。

若杉新右衛門は、八王子で力自慢の連中に勝利して好《い》い気になっているが、桂三郎とは逆に小技が利かない。

平井大蔵も同じで、大柄な分動きが鈍く、ここ一番で仕合に勝てない剣術である。

今村伊兵衛は小柄であるから素早い動きが身上《しんじょう》であらねばならないが、体は動いても、それに技がついていきていない。

もちろん、五人共に体力はついた。気の強さも持ち合わせているから、仕合が延々と続いたとて、力負けはするまい。

しかし、どんな時でも冷静に相手の動きを見て、瞬時に対応するだけの忍耐が身についていない。

たとえば仕合が膠着《こうちゃく》し、なかなか勝敗が決しない場合は、

——もう好い、ここで勝負だ！

堪《こら》え性《しょう》がなく自分の方から仕掛けるであろう。

こういう場合は業を煮やした方が、既に負けているのだ。

新右衛門は竹棒仕合に完勝したというが、忠太から見れば、

「そんなものは当り前のことだ」

となる。

それを聞いて他の四人も無邪気に喜んでいるが、稽古を重ねた剣士の実力は、あるところまで行くと大差なくなってくる。

自分と同等、それ以上の相手と仕合をして勝利するのには、そういう強い精神力が求められる。

とはいえ、若い弟子達に精神を問うたとて詮《せん》なきことだ。

修練を積んでいかねば気付かぬ術や心得は多々ある。

その過程を経ないと、仕合における忍耐など、いくら教えたとてわからぬであろう。

――弟子達は、おれがこれと見込んで、小野道場から拾いあげた者ばかりだ。必ず強くなるはずだ。何が何でも仕合に勝ち、中西道場の新たな一刀流を築かねばならぬのだ。

強い決意をもって、〝いせや〟による立合稽古にも力を入れた。

忠蔵が中心となり試行を重ね、細い鉄棒に綿布を巻き付けて拵えた稽古刀は、中西道場独自の武道具で、これによって実戦の感覚が飛躍的に向上した。

門人達は、型で覚えた技をいかに実戦で生かせるかを追い求めたい者ばかりである。

それがために小野道場で孤立して、若い門人達と袋竹刀で乱闘に及び破門されたのだから、この〝いせや〟の稽古を何よりの楽しみとした。

型稽古ばかりではなく、実際に打ち合ってこそ本来の剣術の意味がある――。

以前からそのための稽古をいかに導入すればよいか考えていた忠太は、

「ただ当てるだけでは駄目だ、しっかりと踏み込んで型のように斬らねば、いざという時役に立たぬ。打たれたとて死にはせぬ。そのための〝いせや〟ではないか」

と自ら打ち合い、指南をしているのだが、一時のへっぴり腰は改善されたものの、いざ門人達同士で立合うと、どうしても勝負に気をとられて、型、組太刀で見せる姿勢のよさが崩れてしまう。

打たれてもよいのだ。打たれることで、打たれぬ術が身についていくのだ。

その意味合いはよくわかるのだが、中西道場の門人達は、皆喧嘩好きで負けず嫌いときている。

一月五日となって、

「おい新右衛門、何が一本だ。お前の技など何ももらってねえや」

「桂三郎、見苦しいぞ」

「どこが見苦しいんだよ」

「おれの〝いせや〟がお前の胴を斬っただろうが」

「馬鹿野郎、お前の〝いせや〟は、おれの〝いせや〟に払われただろう」

「いや、お前の〝いせや〟は、おれの〝いせや〟を払い切れなかったから、おれの〝いせや〟は、お前の胴を斬ったのさ」

「お前の〝いせや〟はおれの胴を斬っちゃあいねえ、かすっただけだ」

「お前、最前横腹を押さえていたじゃあねえか、あれはおれの〝いせや〟がだなあ……」

〝いせや〟〝いせや〟を連呼しながら、斬っただの、かすっただの、当った当ってないだので、新田桂三郎、若杉新右衛門は、喧嘩を始める始末である。

「やめぬか！　見苦しいのは二人共同じだ！　今はまだ仕合と思わずに、いかにすれば自分の技を相手にしっかりと決められるか、それを頭に入れて稽古をしろと言っているだろうが！」

焦る想いが、熱血師範までも乱暴にさせる。

少し前なら、

「罰として素振り二千本！」

となったが、

「桂三郎、新右衛門！　おれが相手をしてやるから、思うようにかかってこい！」

今は、忠太自らが〝いせや〟を手に、

「ほら、脇《わき》が甘いぞ。小手だ、胴だ、面だ……」

次々と技を決めて打ち据えることになる。

酒井右京亮は、

「〝いせや〟か〝おうみや〟かは知らぬが、こんな物で立合うているのか？」

と嘆き、

「剣術は子供の遊びではない」

と強く言った。

この言葉が発端となって口論となり、一年後に右京亮がこれと見込んだ剣士達と仕合をして、遊びかどうかをはっきりさせようということになった。

仕合であるから練達者の立会を得て、袋竹刀で行う運びとなるのだろうが、そうなれば毎日のように〝いせや〟で打ち合っている者の方が仕合には有利なはずだ。

右京亮は、〝子供の遊び〟と言った手前、型、組太刀を極めた上で、真剣勝負に臨むつもりで仕合に出るよう、集めた剣士達に迫るであろう。

それゆえ、少しでも実践的な稽古を積んでいる者に分があると考えた中西忠太であったが、

「ある意味においては、酒井右京亮が正しい」

今ではそう思えてくる。

忠太は実践を重んじるが、とどのつまりは今日の桂三郎、新右衛門のように、

「斬った」

「かすった」

の口論になってしまう。

確かにこれは〝子供の遊び〟ではないか。

門人達は先日、安川市之助を助けて破落戸達を打ち倒し追い払ったことや、新右衛門の八王子での成果から、

「実際に打ち合えば、おれ達の方が強いに決まっているのだ」

と、思い込み、好い気になっている。

――このままではいかぬ。

もう一度、型、組太刀に重きを置き、素振りや打ち込みで体力をつける稽古に戻そうかとも思うが、入門した頃に比べると仕合に対する好い感覚が身につき始めたのも確かであった。

〝いせや〟の稽古を休止するのも気が引ける。

忠太の焦りは日毎《ひごと》募るのであった。

七

中西忠太が求めていた稽古法の答えは、身近なところにあった。

主家・奥平家の武芸場での剣術指南で、あることに気付いたのだ。

奥平家の武術流派は、大きく三つに分かれる。

小野派一刀流、外田《とだ》一刀流、新當流《しんとう》である。

小野派一刀流については最早《もはや》述べるまでもあるまい。流祖・伊東一刀斎《いとういっとうさい》が、門人の小野次郎右衛門忠明《ただあき》（神子上典膳《みこがみてんぜん》）に伝えた一刀流である。

外田一刀流というのは、伊東一刀斎の師であったと言われる、鐘捲自斎《かねまきじさい》が起こした流派である。

自斎は外田の姓を名乗っていたとも言われ、そこから生まれた、一刀流の元祖であったらしい。

流儀は小野派一刀流が中心であるが、一刀流の理念を残すため、外田一刀流の型、組太刀を取り入れているといってよかろう。

そして、新當流もまた同じで、これは奥平家の武術の精神を後に伝えんとする剣術である。

新當流は、香取《かとり》より発した鹿島神道流《かしましんとう》から出た剣豪・塚原卜伝《つかはらぼくでん》が起こした。

卜伝の弟子が世に名高い剣聖・上泉伊勢守《かみいずみいせのかみ》。神陰流《しんかげ》の祖である。

この伊勢守の弟子で、徳川家康《とくがわいえやす》の剣術指南を務めたのが奥山休賀斎公重《おくやまきゆうがさいきみしげ》である。

休賀斎は本姓が奥平。中西忠太の主家・奥平家の一族であった。

休賀斎は、戦国大名としてあらゆる合戦に従軍していた主家にあって奮戦し、奥山流を名乗った。

そして、彼の流儀を受け継いだのが、小笠原源信斎《おがさわらげんしんさい》である。源信斎は、休賀斎から受け継いだ流儀を〝真新陰流《しんしんかげ》〟と改めた。

そして、この系譜が直心影流《じきしんかげ》として現在に至る。

そう考えると新當流は、奥平家と深い繋《つな》がりがあり、その精神を受け継ぐために、家中の士は剣術の稽古に取り入れているのだと言える。

とはいえ、長篠《ながしの》の戦の折に、武田《たけだ》の大軍から長篠城を守り抜き、織田《おだ》、徳川連合軍に勝利をもたらした奥平貞昌《さだまさ》（信昌《のぶまさ》）が名を馳《は》せてから百五十年以上が経っている。

家中の士も、それほど深く新當流の意義を受け止めておらず、型を伝承しているに過ぎない。

だがそのような縁で、奥平家の剣術指南の一人である中西忠太は、直心影流の総《そう》帥《すい》・長沼《ながぬまし》四郎左衛門国郷《ろうざえもんくにさと》と面識があった。

奥平家の武術は小野派一刀流が主流で、その指南をしている忠太は、主家の武芸場に中西道場の色合は一切持ち込んでいなかった。

亡師・小野次郎右衛門忠一が時に催した、袋竹刀での仕合を、そのまま家中の士にさせることが年に数度あっても、〝いせや〟を持たせた立合などは無論稽古に取り入れなかった。

いずれ、小野派一刀流中西道場の名声が轟《とどろ》き、奥平家の当主から、新たな命が下るまでは、小野派の一指南役として、稽古をつけるのみである。

それゆえ、四郎左衛門と面識はあっても、ゆっくりと剣術談義などしたことはなかった。

いかに亡師から、

「お前はお前の一刀流を切り拓け」

と、言われていたとて、この時代の流儀は閉鎖的で、他流仕合などもっての外であったから、接することもなかったのである。

しかし、松の内もすっかりと過ぎたその日。

家中の士に稽古をつけていると、

「近頃は直心影流の〝ながぬま〟が、いこう流行《はや》っているそうでござりまするな」

小野派一刀流でも導入すればいかがかと話が出た。

「〝ながぬま〟か……。なるほど、確かにそうじゃ……」

忠太は大いに心を動かされた。

〝ながぬま〟というのは、剣術の防具の呼称であった。

直心影流第七代的伝《てきでん》・山田平左衛門光徳《やまだへいざえもんみつのり》は、若い頃に木太刀で仕合をして体を痛め、しばらく稽古を休むことになった。

元禄《げんろく》の頃は太平が続き、剣術も形式主義に陥《おちい》っていた。

それではいかぬと、平左衛門は木太刀での仕合も辞さずに修行を続けたのだが、それがために稽古が出来なくなったのでは、いざという時に己が剣は役立たない。

そこで彼は、稽古に防具を導入した。

鉄の仮面《かめん》、綿甲《めんこう》で肘《ひじ》を覆い、四つ割の竹刀をも開発した。

この平左衛門の息子が、第八代的伝の長沼四郎左衛門で、父子は防具に改良を加え、安全を保った上で、竹刀で存分に打ち合える稽古法を編み出したのである。

それが評判となり、四郎左衛門が芝江戸見坂《しばえどみざか》に開いた道場には入門者が殺到し、直心影流の名は大いに広まった。

既に四十年前から、その稽古法は続いていて、後に防具と呼ばれる剣道具のことを剣術界では〝ながぬま〟と呼んでいた。

――どうしてそれに気付かなかったのであろう。

忠太は小躍《こおど》りした。

自分の一刀流に、この〝ながぬま〟を導入すればよいのだ。

〝いせや〟は有意義な稽古刀であるが、それなりの痛みを伴うゆえ、長く出来るものではない。あくまでも実戦を想定して立合うので、たとえば小手を何度も相手に打たせてもらって、その感触を摑《つか》むような稽古は出来ない。

だが、〝ながぬま〟ならそれも叶う。

互いに防具で体を守れば、代わる代わる面を打ち、小手を打つ稽古が出来よう。

自ずと打ちもしっかりとして、どの間合で打てばよいかもわかるはずだ。

しかし、容易く〝ながぬま〟を導入出来まい――。

〝ながぬま〟の利点を認識しつつも、江戸の剣術道場で稽古にこれを使用しているところは数えるほどしかない。

防具を着用して打ち合うというのは、まだまだ剣術界では異端として見られている。

中西忠太が、〝ながぬま〟の使用をすぐに思い付かなかったのは、

「一刀流を修める者には、まったく縁のないことである」

と、思い続けていたからである。

――とはいえ、話だけでも聞いてみてはどうか。

きっと、長沼四郎左衛門の剣術への想いは自分のそれと相通じるところがあるはずだ。流儀に固執する時代は過ぎた。

忠太はそう思っている。

八

「いや真に、本日のお運び、忝《かたじけの》うござりまする……」

中西忠太は恭《うやうや》しく畏《かしこ》まってみせた。

「まずお気遣いは御無用に。某《それがし》も中西殿とは、一度ゆるりと語り合うてみたいと、思うていたところでござってな。ははは……」

その前で、長沼四郎左衛門は穏やかに体を揺すっていた。

齢《よわい》六十五。歳を考えさせぬ体格の立派さは、いかにも剣豪の風情を漂わせている。

背筋はぴんと張り、それでいてゆったりとあぐらをかく姿には、長年の修練によって身に備った隙《すき》のなさと、何ごとにも動じぬ威徳がある。

「長沼先生がわたしに？　それは嬉しゅうござりまする」

姿勢を正しつつ、忠太の緊張もすぐに解けた。

「固苦しいことは抜きにしましょうぞ。御貴殿がこの老いぼれに会いたいと申されたのには、それなりの理由《わけ》もござろうが、その理由から話し始めると、なかなか口は滑《なめ》らかに動いてはくれませぬ」

「はい……」

「互いに気がねのう、まずは手酌《てじやく》で盃を重ねて参ろう。そうして、叩けるだけの無駄口を交わしましょうぞ」

「無駄口を……」

「いかにも、一通り無駄口を叩いた頃には、その理由とやらが、真によい具合に浮かんでおりましょう」

「なるほど、仰せの通りでござりまするな」

忠太は感じ入った。

これだけの剣術師範である。既に中西忠太が何ゆえ自分に面会を望んだかは、大よその察しはつけているのかもしれない。

だがその内容は、

「御用件はいかがなものか……？」

などと問うて、手短かにすませられるものではなかろうと言うのだ。

忠太は四郎左衛門への面談を求めるに当って、奥平家の家中の士に取次を頼んだ。

津田助五郎《つだすけごろう》という、新當流と奥山流を遣う定府《じょうふ》の士で、四郎左衛門とは親交が深かった。

忠太自らが出向いたとてよいが、小野派一刀流の高弟である自分が、いきなり直心影流の総本山に姿を見せて、

「いったい何ごとなのか」

と、あらぬ憶測を生んでもいけないと気遣ったのだ。その辺り、助五郎ならば流儀的にも長沼四郎左衛門とは繋がりがあり、使者にはちょうどよかった。

それでは江戸見坂の道場での稽古が終った頃に訪ねてもらいたい、そのようになるかと思いきや、四郎左衛門は会見の席を、芝天徳寺《てんとくじ》門前にある料理屋〝たむら〟の一室でと指定してきた。

ここなら人目にもつかぬし、せっかく会うなら自分も胸襟を開いて語り合いたいと言う。忠太もそれは望むところであった。

それでも、直心影流の総師との対面には、緊張を禁じえなかったのだが、四郎左衛

門の心遣いで、すぐに和やかな歓談の場となったのである。

「津田殿からお聞きしましたぞ。この度はいよいよ己が道場を開かれたとか、真に祝着に存ずる。ああいや、これを無駄口と申してはなりませぬな」

盃を干すと四郎左衛門は、まずそんな話を始めた。

「祝着かどうかはわかりませぬ」

忠太は頭を掻いた。

「はて……？」

小首を傾げる四郎左衛門に、

「小野道場を破門になった、はみ出し者の溜《たま》り場になってしまいまして……」

忠太は、おかしな理由で中西道場が開かれるまでの話をした。

昼の酒は心地よく回り、日頃からどこかおかしみのある忠太の弁がよく冴《さ》えた。

「ははは、それはまた一段とよい！」

四郎左衛門は大いに笑った。

「とは言え、わたしには若い連中が、剣術を習うたとて本当に役に立つのか、それを仕合などで確かめとうなる想いはよくわかるのです」

忠太は言葉に力を込めた。

「某も、同じ想いでござるよ」

四郎左衛門は、大きく頷いた。

なるほど、老師の言う通りである。無駄口を叩いている間に、忠太が何を悩み智恵《ちえ》を借りたいか、その理由が自ずと浮かび上がってきた。

「それで中西殿は、〝ながぬま〟を稽古で使《つこ》うてみたいと……」

「はい。小野道場の兄弟子と、稽古法を巡り言い争いになりまして、一年後に仕合で決着をつけよう、などと……」

「それは勝たねばなりませぬな」

「はい、何としてでも勝ちとうござりまする」

「なるほど、それには〝ながぬま〟は役に立ちましょうな」

「大きな力になりましょう」

「まず、中西殿の剣術に対する想いや考え方は、某と同じでござる」

「ありがたき幸せに存じまする」

「いつでも、合力させていただきましょう」

「忝うござりまする」

忠太は感激した。

　型や組太刀を修めることは何よりも大事であるが、それをしていれば剣術を修めたことになると、世の武士達が満足するのはいかがなものであろうか。

やはり実戦の感覚を得るには、相手の体に刀をぶつけてみないとわからない。

ところが、多くの剣術師範達は、

「実戦とは真剣を抜いての立合のことで、斬るのと叩くのとではわけが違う」

と言う。

「たとえ木太刀で打ち合ったとしても、それは真剣勝負とはまったく違うものである」

　確かにそうかもしれないが、真剣勝負は稽古にはならない。

木太刀で打ち合えば体がもたない。いざという時に稽古で体を痛め、使いものにならなければ、何のために剣術を修めているかわからない。

それゆえ、時には袋竹刀など、打ち合っても衝撃が少ない稽古刀で立合って相手との間合を体で覚え、実戦の感覚を掴まないといけないのではないだろうか——。

それが忠太の純粋なる疑問であるが、やはり頭の固い師範達は、

「武士にとっていざという時は、死ぬ覚悟をもって挑むべき時であるから、日頃の型、組太刀の稽古は、いつ死んでも悔いのないよう心してかからねばならぬのだ」

などと、もっともらしいことを言う。

しかし、今の武士にいざとなればさらりと命を捨てられる者がどれほどいよう。

口では言ってみても、型、組太刀はどこまでも形式に過ぎず、

「自分は剣術修行をしてきた」

と思い込み、厳しい稽古から逃れる方便になっているのではないだろうか。

忠太は、それゆえ長沼道場の稽古こそ正しいのではないかと思い至ったのだと、熱弁を揮《ふる》ったのであった。

このままでは、剣術は舞の稽古と何ら変わらぬただの習いごとになっていくであろう――。

その想いを、四郎左衛門はすべて受け容《い》れ、賛同をしてくれたのだ。忠太の意気は大いに上がった。

「さりながら、いくら某が合力をいたすと申して、〝ながぬま〟を中西殿が稽古に取り入れるのは大変でござろうな」

四郎左衛門は、花を愛《め》でるように忠太の熱情に充《み》ちた精悍《せいかん》な顔を眺めつつ、声に分別を込めた。

「はい、大変でございます」

忠太は正直に応えた。

「ははは、某が申すまでもござらなんだな」

四郎左衛門はからからと笑った。

「いやいや、御貴殿に肩入れをしたい想いが込み上げましてな……」

「これは畏れ入りまする……」

忠太はまた頭を掻いた。

「いきなりああだこうだと申してみても、すぐに埒《らち》は明き申さぬ。とにかく某はいつでも御役に立たせていただくゆえ。それを念頭にまずあれこれ順序立てて、思案なさるがよろしかろう」

四郎左衛門は穏やかに言った。

「仰せの通りにござりまするな。そのようにさせていただきましょう」

亡師・小野次郎右衛門忠一が逝去してから十四年。忠太は新たな師に巡り会ったような気になり、畏まってみせた。

それを見た四郎左衛門は、

「小野派一刀流に名高き、中西忠太殿に畏まられては、某も困ってしまいまする。さて、肝心な話はすみ申したが、酒はまだまだすんでおりませぬ。また無駄口を叩き合おうではござらぬか」

すかさず声をかけた。

――何とありがたい先生かな。

忠太は涙目になって、さらなる感激に顔を真っ赤にすると、荒くれの門人達が起こした数々の騒動を語り出した。

四郎左衛門は大いに笑って、再び体を大きく揺すった。

――できの悪い弟子だが、お蔭で話のたねにはこと欠かぬ、か。

忠太は、四郎左衛門の楽しそうな顔を眺めながら、そんなことを考えていた。

九

その日は、心地よく酒に酔い中西忠太は練塀小路の道場に戻った。

門人達は忠蔵を中心に、忠太が日頃彼らに課している稽古を黙々とこなしていた。

鬼のいぬ間に命の洗濯といきたいだろうに、五人が稽古を怠《なま》けていた様子はなかった。

「ちと、人に会わねばならぬゆえ、皆で思うように稽古をいたすがよい。但《ただ》し、〝いせや〟を使うての稽古はならぬぞ」

そう言って出かけたのだが、長沼四郎左衛門との対面が、思った以上に楽しく有意義なものであったので、忠太は終始上機嫌である。

だが、〝ながぬま〟の導入については、門人達に言わずにいた。

四郎左衛門が言ったように、中西道場にとっては大変な問題であり、軽々しく口にすべきことではなかったのだ。

長沼四郎左衛門の気遣いがありがたく、思わずはしゃいでしまったが、防具を導入するには大いなる決断が必要であった。

まず、〝ながぬま〟をいかにして揃《そろ》えるかである。

そのまま模倣したのでは、直心影流に対して申し訳ない。

中西道場風に改良せねばなるまい。となれば金も暇も要る。

それを克服したとて、防具を身につけた稽古法がすぐに定まるかどうかが難しい。

忠太の頭の中にあったとて、門人達がそれを会得するのに時を要していては、一年後の仕合に勝利するための稽古にならぬではないか。

そして何よりも〝ながぬま〟は、長沼をさして付けられたもので、〝ながぬま〟そのものが直心影流である。

小野派一刀流を名乗る中西道場が、直心影流の稽古をしているとなれば、酒井右京亮率いる小野道場の剣士達との仕合は、他流仕合に等しい。

いくら、亡師・小野次郎右衛門忠一から、新たな一刀流を切り拓けと言われていたとて、師の教えを捨て他流になびいたとの謗《そし》りを受けかねない。

他人に何と言われようが好い。しかし、師亡き今、忠一にかわいがられた忠太への風当りは一部の兄弟子から強く吹いている。

剣術界が真の男の集まりかというと、まったくそうではない。

流派を仕切りたがる者には、権威や体裁に固執する者が多い。

剣術の腕も立ち、人物が出来ている者は、流派の中で小さな権力闘争などしなくても、幕府や大名家の要職に就けられ、日々多忙に過ごしている。

そうなると、剣術界に君臨する者は、中西忠太のような求道者か、それなりに腕が立ち世渡りで己《おの》が地位を築く者との二つに分かれる。

本来、腕に覚えのある者は、いつしか大師範と敬われるようにならねばならぬのだが、剣術が形式主義に陥っている今は、強さよりも世渡りが上回る。

そのような連中は、忠太のような強い剣客が異端ぶりを見せると、ここぞとばかりに排斥《はいせき》し、空いた席に自分が座ろうと考えるのだ。

つまり宮仕えでは相手にされぬゆえに、流儀の組織に居座るのが、〝うるさ型〟とか〝御意見番〟などと呼ばれる師範代連中なのである。

忠太はそういう輩《やから》を、これまではうまくあしらってきたが、小野派一刀流中西道場としている限り、小野道場の動きは無視出来ない。

中西派一刀流と名乗ってしまえばよいのかもしれぬが、それでは亡師・小野次郎右衛門忠一に申し訳が立たぬと、四十を過ぎて尚《なお》純情一途な忠太は思うのだ。

わからず屋の兄弟子達も忠一の弟子なのである。彼らと対立ばかりを繰り返していては師に背いたことになる――。

〝ながぬま〟を中西道場に取り入れるのは大変なことであろうと、長沼四郎左衛門はさりげなく言ったが、正しく的を射ていた。

――長沼先生は六十五か。おれは二十年後、あのような思慮分別をわきまえているであろうか。

そんなことをぼんやり思いながら、忠太はその〝大変〟と向き合った。

〝ながぬま〟を取り入れるなら一日でも早い方がよい。そして、そのためには、あらゆる準備がいる。

すぐにでも決心をせねばなるまい。

心地よい酒の酔いが、一気に吹きとんだ。

——まず仕合を理由に、〝ながぬま〟を試したことにしよう。

そして、小野道場の門人に負けぬだけの、型、組太刀を身につけさせよう。

そうすれば、もし露見したとしても、

「仕合に向けて、あらゆる稽古を試してみるのは当り前のことでござる」

型や組太刀を疎《おろそ》かにしているわけではないのだから、あれこれと文句を言われる覚えはない。

——だが、できるだけそっと稽古をいたそう。

忠太はまずそのように決めると、

——あとは中西道場の〝ながぬま〟をいかに揃えるかだ。

息子の忠蔵に当らせれば何とかなるであろうか。忠蔵は〝いせや〟を巧みに拵えた。

そもそも手先が器用で、稽古場の刀架、名札なども忠蔵が拵えていた。

——いや、大きな試練を忘れていた。道具が揃うたとて、おれがいかにそれを指南するかだ。

小野派一刀流にあって高弟と謳われた中西忠太も、〝ながぬま〟を使っての稽古は、まるで素人なのだ。

よく考えてみれば、そこが何よりも大変なのかもしれない。

忠太はその日帰ってからは稽古場にも出ず、朝方まで黙考した。

門人達は、上機嫌で外出から戻ってきた忠太を見て、

「いささか酒を飲み過ぎて、体が思うように動かぬのであろう」

などと、それについてはまるで気にしなかったのが幸いであった。

さすがにいつしか眠ってしまった忠太は、老僕の松造から来客を告げられて目が覚めた。

客は奥平家家中の津田助五郎であった。

長沼四郎左衛門への取次の礼を述べ、何ごとかと訊ねると、

「御足労ながら、暮六つに江戸見坂の道場にお出まし願えぬかと、長沼先生が申されている」

とのことであった。

十

江戸見坂は、芝愛宕山《あたごやま》の西方にあって、大名屋敷に囲まれている。

長沼四郎左衛門の道場は、上州沼田《じょうしゅうぬまた》三万五千石の大名・土岐《とき》家の上屋敷に隣接している。

——おれの気持ちなど、すべてお見通しというわけだ。

中西忠太は、つくづくと感じ入った。

武家屋敷街の道はひっそりとしていて、空は夜の色に染まりつつあった。

長沼道場の前に立つと、中からは勇ましい剣士達の掛け声や、竹刀を打ち合う音が響いてきそうなものだが、今は物音ひとつしない。

稽古も終り、門人達も皆稽古場を後にしたのであろう。

四郎左衛門はその道場に忠太を招き、自らが〝ながぬま〟を着けて、同じく忠太にも着装させた上で、稽古をつけてやろうと考えているのに違いない。

それを読んで、忠太はいつでもすぐに応じられるよう、木綿の筒袖《つつそで》に藍染袴《あいぞめばかま》を着し、その上から羽織を掛けていた。

「中西先生でござりまするか。お待ち申し上げておりました」

若い門人がすぐに忠太の姿を認めて請じ入れた。

面長で端整な顔には、そこはかとなく気品があり、四郎左衛門が気に入っている弟子であると窺える。

その門人に案内されて稽古場に入ると、そこには稽古着姿の四郎左衛門が端座していて忠太を見るや、

「御足労をかけましたな」

と、姿勢を正した。

さすが当代一流の剣客である。昨日のくだけた様子とは一変して、稽古場に凜《りん》と張り詰めた剣気を漂わせている。

彼の前には〝ながぬま〟が置かれていた。

「ささ、それへ……」

四郎左衛門が勧めた座にも、一揃いが置いてある。

「これは畏れ入りまする……」

思った通りであった。

四郎左衛門は、〝ながぬま〟着用での稽古をつけてやろうというのだ。

忠太は座って羽織を脱いだ。

すかさずそれを件《くだん》の若い門人が預かった。

諸事心得た忠太の服装を見て、四郎左衛門は口許を綻ばせた。

「某の想いが伝わったようでござるな」

「はい。わたしの願いが叶いましてござりまする」

忠太もにこやかに応えた。

「今日のことは他言いたさぬが、よろしゅうござるかな」

「無論にござりまする。何卒《なにとぞ》よしなにお頼み申します……」

「左様か。それは何より。某も中西殿と立合うてみたいと、昨日からこの身が疼《うず》いていたところでござってな」

「手加減なきように願いまする」

「心得ましてござる。ならばまず、道具を身につけるところから始めましょう」

「はい」

四郎左衛門は、ゆったりとした挙措《きよそ》で〝ながぬま〟を着装した。

面と籠手《こて》をつけるのにさほど手間はかからなかった。

面は鉄の輪に数本鉄棒が格子状に渡されていて、頭部と肩が、面布団で覆われる仕様になっていた。

籠手は肘くらいまで体を護《まも》ってくれる。

胴の防御は、それぞれの工夫に任せているという。

忠太は、四郎左衛門を手本に、一度も問いかけることなく着装を終えると、四つ割の竹刀を手に、四郎左衛門に続いて立ち上がった。

対峙すると、面に覆われた四郎左衛門の面相は、六十五の歳をまるで感じさせない。

遠目から見ると、壮年の武士の風情があった。

「まず、某が面と小手を打ちましょう」

「青眼《せいがん》に構えたままでよろしゅうござりまするか？」

「構いませぬ」

それから互いに青眼に構えて向き合った。

「うッ……」

忠太は小さく唸《うな》った。

面と小手を道具の上から打つ――。

それによって、〝ながぬま〟を使った稽古法と、道具の強度を伝授するつもりの四郎左衛門であった。

忠太は黙って打たれるのであるが、心の内で剣を揮い、四郎左衛門の打撃を受け止める。または返し技を打つ――。

それがこれから始まる稽古であると心得たものの、竹刀を構えて対すると、打たれるとわかっていても、

――受け止めるのが精一杯だ。

と思われる。

その刹那《せつな》、四郎左衛門の一撃が、忠太の面を捉《とら》えていた。

ずしりとした衝撃がして、道具が音を立てた。

しかし痛みはない。

四郎左衛門は、そのまますっと後退したかと思うと、

「えいッ！」

気合もろともに、小手を打った。

さらに心地よい音がしたが、痛みはなかった。

――なるほど、こういうことか。

〝いせや〟で打ち合うのとはわけが違う。

技が心によって放たれ、体に乗って打たれるのだ。

その重みがまるで違うのである。

実際に真剣で打ち合えば、こうまで体を預けられまいが、感触を摑むのは大事であろう。

打たれる方も、打たれたことで、相手との間合を摑めるというものだ。

「いかがかな？」

四郎左衛門が問うた。

「いや、これならば打たれたとて、怪我はいたしませぬ。さらに、相手との間合がよく知れまする」

「それは重畳《ちょうじょう》」

四郎左衛門の面の中で、白い歯が光った。

既に暗くなっていた稽古場には、門人によって点《とも》された燭台《しょくだい》の灯が揺らめいていた。

「中西殿はさすがじゃ。黙って打たれるがままでいるのはわかっていると申すに、打ち込むのが恐《こわ》かった……」

「いや、ただ今は、打ち返せと言われたとて、わたしも打ち返す術がのうて、冷や汗をかいておりました」

「御貴殿ほどの遣い手にそのように言われると、某も長い間修行をしてきた甲斐がござったわ」

四郎左衛門の言葉に、忠太は感じ入りながら、

「ならば、いざ……」

忠太は一礼して、再び青眼に構えると、

「次は、中西殿の番でござるぞ」

四郎左衛門が、少し声を弾ませて言った。

「わたしが……」

「中西殿ならば、もうこれだけでこつはおわかりのはず」

「しからば恐《こ》わものながら……」

忠太は一刀流の構えで、組太刀で打つ要領で、間合をはかった。

――叩くだけではいかぬ。型の通りに相手を斬らねばならぬのだ。

今、四郎左衛門が自分に決めた面と小手は、決して叩いたものではなかった。

竹刀で捉えつつも、

――押すように斬っていた。

と、感じられた。

手首を返して打てば、刺すように打ちつつ、しっかりとした打突が決められよう。

しかしそれではしっかりと斬れない。

迷いつつ、竹刀を刺すように前へ伸ばし、

「えいッ！」

とばかりに踏み込んだ。

先ほど打たれて苦痛がなかっただけに、思い切り前へ出られた。

忠太の竹刀の先から五寸（約十五センチメートル）ばかりの部位が、見事に四郎左衛門の面を捉え、よい音が稽古場に響いた。

ふと十六年前のことを思い出した。

小野道場の師範代を務めていた時である。

関口憲四郎《せきぐちけんしろう》なる門人を、忠太は心ならずも木太刀で打ち殺していた。

憲四郎がやたらと己が腕を誇り、門人達はおろか忠太達師範代をも、

「先生が立合を嫌うのは、わたしに打ち負かされるのが恐いからでしょう」

などと言って挑発したので、木太刀での立合を受けて立ってやったのである。

そして、相面となり僅かに忠太の木太刀が早く憲四郎の面を捉え、憲四郎は落命した。

あの日以来、忠太が力を込めて、人の面を打ったことはなかった。

そして無我夢中で打ったあの面打ちの手応えは、この年月が忠太の記憶と感触と共に消し去っていた。

あの時、このような道具があれば、関口憲四郎は立合に飢えずともよかったのだ。

そうすれば、忠太は憲四郎を殺さずに済んだのであろう。

そんな感慨が一瞬にして頭の内を駆け巡ったが、今の打突にはどうも納得がいかなかった。

忠太の困惑が、四郎左衛門にはわかるのであろう。

「どうやら気に入らなんだようで……」

「はい。当りはしましたが、斬ったとは言えませぬ」

「ほう……」

「先生も、そのようにお思いになられたのでござりましょう」

「いや、今のが真剣であれば、某は命を落しておりましょう。さりながら、御貴殿の想いはわかり申す」

四郎左衛門は頷いてみせた。

忠太が教えを請う気持ちでいたとしても、一刀流の中に新たな〝ながぬま〟を取り入れんとしている一手の剣術師範に、己が剣の理を説くのは筋違いと判断して、

「得心がいくまで、まず面を打たれよ」

忠太が自分の力で答えを見つけることを勧めたのである。

「忝うござる」

忠太はしばし、じっくりと間を取り、遠間から近間から、四郎左衛門に面を打ち込んだ。

四郎左衛門は、その間もただ黙って受けていた。

必ず気合を充実させてから、一本一本を大事に打つ忠太に、四郎左衛門は満足を覚えたのか、実に楽しそうにして、好い打突があるとひとつ頷いた。

「うむッ！」

それが、唸り声をあげたのが十五本目の打突であった。

忠太自身、手応えがあった。

押すように斬る――。

ただ素早く踏み込むのでなく、相手の中心を己が剣で奪いつつ、しっかりと打ち込めたのである。

さすがに小野派一刀流の高弟。

あらゆる型、組太刀の動きを体の内に叩き込んだ剣客である。

道具を着けての稽古への順応も呑み込みも早かった。

ましてや、中西忠太もまた、立合や仕合なくしては剣術に未来などないと、かねてから考えを巡らせていたのである。

頭に思い描いていた打突は、自ずと体が教えてくれた。

「念のため、もうひとつお打ちなされい」

今の技がたまさか出たものでないと、確めるがよいと、四郎左衛門は勧めてくれたのである。

「ならば御免！」

忠太はそれからさらに五本を打ち込んだが、どれも満足出来る打突が叶った。

それからは小手打ちとなった。

小手に関しては、組太刀の打などで小野派一刀流でも分厚い手袋のような籠手をつけて稽古をすることもあった。

相手の頭部を打つわけでもないので、こちらは打ち易い。忠太はすぐに体得した。

「なるほど、一刀流の小手打ちは美しゅうござるな」

四郎左衛門は、素直に賛《たた》えて忠太をほっとさせると、

「さて、かくなる上は、立合と参ろう。老いぼれ相手じゃ。ちっとは手加減をしてくだされい。ははは……」

またすぐに緊張させたのである。

十一

中西忠太は竹刀を構えつつ困惑していた。

今自分の前にいて、竹刀を平青眼に構える相手は、直心影流第八代的伝の大師範・

長沼四郎左衛門である。

この剣客と立合えるなど、最初で最後かもしれない。

この栄誉をしっかりと心と体に刻んでおきたい。

それだけにじっくりと仕合のつもりで立合いたいものだ。

忠太には、小野派一刀流の強さを四郎左衛門に知らしめる義務がある。

まず、道具を着用した上での勝負勘を磨かねば、立合稽古に何を求めるかが、はっきりとしないはずだ。

とは言え、〝ながぬま〟は、勝負にこだわらず技を出し合い、また引き出してもらって剣技を上達させるために使用するものであり、ここは己が想いのすべてをぶつけて、立合をするべきではなかろうか。

忠太はそこが気になり逡巡《しゅんじゅん》したのだ。

その応えも、四郎左衛門は一切告げてくれなかった。

一刀流中西道場を率いる師範ならば、何ごとも自分の想いを掲げて、好きなように立合えばよいのだと言わんばかりに、竹刀の剣先をじりじりと詰めてくる。

四郎左衛門とすれば、自分は中西忠太の稽古に付合っているのだ。自ら技を出さずとも、忠太の技を見極め受けてやればよい。

忠太がまずどのような技を仕掛けてくるかが楽しみで仕方がなかった。

——何と恐しい剣気だ。

忠太は四郎左衛門の、ゆったりとしていて、尚かつ毛筋ほどの隙もない構えに圧倒された。

剣先の取り合いは、四郎左衛門に一日の長がある。

忠太が左右に回り込もうが、自分の間を崩さずに、さらに間合を詰めていく。

道具をつけた稽古で後退《あとじさ》りするのも業腹《ごうはら》である。

——ならばここは根比べだ。

忠太は足捌《あしさば》きでかわすのを止《や》め、自らも剣先を詰めた。

どちらが先に技を出すか。

そこが勝負であるし、立合の醍醐味《だいごみ》なのだ。

にこやかな四郎左衛門の顔が、みる間に引き締まっていくのが面鉄越しにわかる。

四郎左衛門の動きが止まった。

忠太は止まらず、さらに間を詰める。

凄じい剣気に、件の若い門人は息を呑んだ。

彼の目には、燭台の明かりに揺らめく二人の姿が、軍神が武を競っているかのような夢幻《むげん》の如《ごと》き出来事に映っていたのである。

またひとつ忠太が右足を僅かに前へ進めた時。

四郎左衛門の手許が浮いた。

忠太の剣先の攻めに堪え切れず、遂に技を出さんとしたのか――。

忠太はその機を逃さず、小手を押さえんと、手練の技を繰り出した。

しかし、老練な四郎左衛門はそれを待っていた。

手許を浮かせたのは、忠太の小手技を誘うためであった。

四郎左衛門は、瞬時に忠太の技量を確かめ、忠太の小手技への返し技として咄嗟《とっさ》に手許を浮かせ、そのまま忠太の竹刀をすり上げて、

「えいッ！」

と、前へ出たのである。

その刹那。

四郎左衛門が繰り出した竹刀が、忠太の面を押さえていた。

「なんと……」

忠太は啞然《あぜん》として四郎左衛門を見つめて、

「参りました……」

やがて頭《こうべ》を垂れた。

「なんの、なんの……」

四郎左衛門は、にこやかに応えた。

「これが道具を着けての稽古でござるよ。今は、中西殿の技を誘い出して、それを払って某は面に出たのでござるが、下手をすると小手をもらっていた。だが、小手をもらったとて、道具と竹刀のお蔭で、某の手首が斬り落されるわけではない……。それゆえ思い切って仕掛けたのでござる」

「なるほど……」

「打ち合う内に、どの技が相手に通じるかがわかってくる。また、その技に磨きをかけることもできる」

「いざという時は、日頃決まらぬ技を出さねばよろしいのですね」

「いかにも。竹刀と道具を使《つこ》うた稽古を遊びと笑う者もおりますが、遊び、大いに結構じゃ。遊びに己が魂《たましい》をかける。それでよろしかろう」

「遊びに己が魂をかける……」

その言葉の滋味《じみ》に忠太は感じ入った。

笑わば笑え、嘲《あざ》けるならそれもよし。しかし、剣への想いと流した汗は、お前達よりも数段上なのだ。

あらゆる偏見と中傷を受けながら、長沼四郎左衛門は、強い意思を貫いて、〝ながぬま〟による稽古を大成させたのであろう。

その苦労を察すると、忠太は感動を禁じえなかった。

「中西殿、戯《ざ》れ言《ごと》を深《ふこ》う受け止めてはなりませぬぞ。今日の立合は他流仕合ではござらぬ、遊びじゃ。もうちと遊ぼうではござらぬか」

四郎左衛門は失笑した。

何と感情の起伏の激しい男であろうかと、おかしみが込み上げてきたのだ。

「だが中西殿、今は久しぶりに立合で冷や汗をかき申した。御貴殿が道具を着けての稽古に慣れた時は、某など相手にならぬでござろう。いや、よい死に土産《みやげ》ができた……」

そして、老師にも感動が込み上げてきたのであった。

「ならば何卒、遊びの続きを」

「心得た」

二人の剣客は、流派を超えてしばし竹刀で打ち合った。

竹刀と道具を使った立合の妙味を摑み取った忠太に、もう迷いはなかった。

次々と技を繰り出し、四郎左衛門に巧みに受け流されたが、三本に一本は技が決まった。

四郎左衛門も、忠太の剣技をいかんなく引き出し、その日の稽古を終えたのである。

後はまた酒宴となった。

忠太の五感五体からは、四郎左衛門との立合の興奮がなかなか醒めなかったが、四郎左衛門はどこまでも遊びの続きを演じてくれて、

「中西殿、今日の稽古のことは、周りの者にはほとんど知らせておりませぬ。内緒で立合うというのもまた、子供の頃の悪戯《いたずら》のようで楽しゅうござるな」

ニヤリと笑いながら酒を勧めてくれた。

「子供の頃の悪戯。ははは、ほんに左様で……」

忠太はそのお蔭で、次第に冷静になれた。

彼の頭の中では、〝ながぬま〟を中西道場に導入する肚《はら》は決まっていた。

しかし、今は秘めごとにしておかねば、何かと邪魔が入るかもしれない。

四郎左衛門が言うように、しばし子供の悪戯心を持ちつつ稽古に励み、やがて弟子達を鍛えあげたところで、御披露目《おひろめ》をすればよいのだ。

四郎左衛門は、先ほどの立合については何も触れずに、しばしあれこれと世間話を

した後に、

「その道具は一揃えお貸しいたそう」

やがてはっきりとした口調で言った。

「〝ながぬま〟ではのうて、〝なかにし〟ができた折にお返しいただければよい」

どこまでも行き届いた武士である。

中西道場に、長沼道場と同じ道具があってはならないのだ。見本を預けるから、独自の物を拵えなさいと言うのであろう。

「忝うござりまする」

忠太は深々と座礼をすると、

「畏れながらさらなるお願いがござりまする」

真《ま》っ直《す》ぐに四郎左衛門を見た。

「何なりと……」

「恐らく我が門人は、喜々として道具を拵え、立合に時を忘れて励むことでしょう。さりながら、すぐにつけあがるのが悪い癖にござりまして。こつを摑むと、もう来たるべき仕合に勝った気になるのは目に見えておりまする。そのような容易いものではないことを、身をもって教えてやらねばなりませぬ。どなたか御門人に立合うてやっていただけぬものかと……」

「なるほど、若い弟子と立合えば、己が力がどれほどのものかわかりましょうな。ならば遊びで仕合をさせましょうか」

「遊びで仕合。願《ねご》うてもないことにござりまする」

「うむ。しからばそなた。お相手を務めるがよい」

四郎左衛門は、忠太を案内した若い門人に申し付けた。

門人は先ほどから一人で給仕をしていたのだが、声をかけられて、実に嬉しそうに、

「畏まりました。ありがたき幸せに存じまする」

その場で弾むように頭を下げた。

「この者は、藤川弥司郎右衛門《ふじかわやじろうえもん》という弟子でござってな。入門した頃は、まるで遣えなんだのが、このところはなかなかやりまする。ちょうどよい遊び相手と存ずる」

藤川弥司郎右衛門は、姿勢を正し、

「藤川弥司郎右衛門にござりまする。甚《はなは》だ未熟ではござりまするが、中西先生の御門人に後れをとらぬよう、精一杯務めさせていただきまする」

涼やかな声で言った。

先ほどからの、中西忠太の剣術の腕前と、師範としての態度にすっかりと魅《み》せられ

たようだ。

「中西道場の御弟子は五人じゃそうな。人目を憚《はばか》るゆえ、そなた一人で仕《つかまつ》れ」

四郎左衛門は続けて伝えた。

この日の稽古に付合わせたのである。藤川弥司郎右衛門は、四郎左衛門がこれと見込んだ弟子なのに違いない。

「どうぞよしなに」

忠太は弥司郎右衛門に一礼をしたものだ。

「ならば弥司郎右衛門、お前も酒に付き合え」

酒宴は尚も続いたが、忠太は終始そわそわとしていた。

早くこのことを道場に持ち帰りたい。

弟子達は喜び、大いに気勢があがるに違いない。

五人の弟子には同時に伝えるべきであろう。

しかし帰れば道場には息子の忠蔵がいる。やはり堪え切れずに、まず概容を話してしまいそうである。

中西道場の稽古を、

「子供の遊び」

と言った、酒井右京亮の姿が頭の中に浮かんでは消える。

「竹刀と道具を使うた稽古を遊びと笑う者もおりますが、遊び、大いに結構じゃ……」

そして、四郎左衛門の言葉がそれに被《かぶ》る。

――見ておれ、そのうちに遊びの剣の前に跪《ひざまず》かせてやる。

師亡き後、己が剣の理想に理解を示してくれたのが他流の師範であったとは皮肉な話でもあり、それが人の世のおもしろさでもあろう。

やがて忠太は心浮かれて、長沼道場を辞した。

見上げると、おぼろ月夜である。

中西道場に射《さ》す光は、今宵《こよい》のようにまだ頼りないものの、先行きに、光明は見えた。

ゆったりと歩き出した忠太であったが、坂を下りるうちに、いつしか全速力で走り出していた。

第二話　仕合

一

その日。

練塀小路を行く者達が、何ごとかと足を止めるほど、中西道場の内で歓声《かんせい》が沸き起こった。

師範の中西忠太が、直心影流の総帥・長沼四郎左衛門から、道具を身に着けての稽《けい》古《こ》法を学び、これを密《ひそ》かに取り入れた上で、長沼道場の門人と〝遊びの仕合〟をすると、弟子門人達に告げたからだ。

「たわけ者めが！　そのように吠《ほ》える奴《やつ》があるか！」

そのように叱《しか》られるのはわかっていたが、師と共に目指す稽古の、新たな形が出来たのが嬉《うれ》しくて、思わず五人共が雄《お》叫《たけ》びをあげたのだ。

門人達は、それぞれに直心影流の稽古法には以前から興をそそられていた。

父の跡を継いで、一刀流を継いでいかねばならない中西忠蔵は、どこか冷めた目で見ていたが、〝ながぬま〟と呼ばれる道具を着けての打ち込み稽古には予《かね》てから注目していた。

新田桂三郎、若杉新右衛門、平井大蔵、今村伊兵衛の四人は、小野道場を破門になった折、直心影流への入門を瞬時に考えたという。

しかし、桂三郎の家では将軍家の指南役を務める一刀流の系統こそが剣術であり、それもすぐに諦《あきら》めた。

新右衛門、大蔵、伊兵衛は、まず道場を訪ねてみようかとも思ったが、一刀流が駄目だから他の流派へさっさと鞍替《くらが》えするというのも気が引けた。

そんなことを考えていると、いきなり忠太からの誘いがあったのでひとまず中西道場へ入門した。

それからは、どの道場がよいとか、どの流派がよいとか考える間もなく、中西道場の猛稽古に、毎日を費やしてきたのである。

それでも、実戦において役に立つ剣術が望みであったのは五人共に同じだ。

忠太が、稽古に〝いせや〟を取り入れ、さらに〝ながぬま〟を取り入れ、密かに仕合までさせてやろうと決心したのは、大いなる前進であった。

長沼道場で、四郎左衛門と〝ながぬま〟着用の上、立合った忠太は、その夜道場に帰ってからも興奮が冷めなかった。

仕合の一件は五人の弟子達に、一度に話して聞かせようと思ったので、ひとつ屋根の下にいる忠蔵にも知らせずに、忠太はすぐに寝所に入った。

忠蔵と顔を合わせれば、ついペラペラと喋《しゃべ》ってしまうであろう。

五人が初めてこれを知り、興奮する様子を見てみたい――。

いささか子供じみた考えであるが、弟子達と苦楽を共にするのが信条の忠太である。

興奮を酒で鎮め、翌朝となって知らせた。

その結果、弟子達は忠太が思った以上に喜び、歓喜の声をあげたのだ。

吠えるなと叱りつつ、忠太にとってそれは弟子達と心を同じくした瞬間であった。

忠太は、四郎左衛門との立合《たちあい》について語り、食い入るように忠太の話を聞く五人の姿を前に、大いにご満悦であった。

「おれは道具を着けて長沼先生に立合を求めたが、まだまだ慣れてはおらぬ。今まで通り、型や組太刀を極め、この打ち込み稽古を日々の楽しみとして、共に精進いたそうぞ」

熱く語ってひとしきりいつもの稽古に汗を流すと、長沼道場から件《くだん》の〝ながぬま〟

一揃《ひとそろ》いが届けられた。

「よし、まず窓を閉めよ……」

忠太は、外に漏れぬようにと声を低くして、稽古場で五人に見せた。

秘事を共有するかのような〝ながぬま〟の検分《けんぶん》も、師弟の絆《きずな》を深くした。

「なるほど、このようになっているのですか……」

細工物をさせれば玄人はだしである忠蔵が何度も頷《うなず》く横で、他の四人はこれを中西道場の仕様として、いかに拵《こしら》えるのか、頭を捻《ひね》った。

「よいか、直心影流では面と小手を守るのが主だ」

長沼道場でも日々道具の改良が進んではいるが、胴、垂《たれ》までは出来ていなかった。

「忠蔵、中西道場では、そのあたりにももう少し工夫をこらしたいものだな」

「いかにも……」

忠蔵はもう考えを巡らせ、拵え場から帖面《ちょうめん》を持ってきて、思うがままに図を描き始めたが、

「今はまず、おれが〝ながぬま〟を身に着けるゆえ、五人で一人一人、四つ割の竹刀で打ち込んでみよ」

忠太は、袋竹刀《ふくろじない》とは違って四筋の竹がむき出しの最新型の竹刀を稽古場に持ち出し、

一人一人に与えた。

これは今までに、見つけては少しずつ購入してきたものであった。

既にその製法を忠太は会得していたが、ここにきてやっと役に立ったのは、感慨深いものがあった。

素早く〝ながぬま〟を身に装着した忠太を見て、五人は低く唸《うな》った。

道具が思った以上に忠太の体に馴染《なじ》んでいて、鉄の仮面を被《かぶ》った姿が天から舞い降りた鬼神のように見えたのだ。

「よし、まず面を打ち込んでみよ」

忠太は弟子達に指南をして、自らが打突を受けてやった。

〝いせや〟でさえ、相手の面には容易に打ち込めぬのだ。

「しっかり打ち込め！」

と言われたとて、戸惑うばかりであったが、何度か打ち込むうちに、打突もしっかりとして、打ちに体が乗るようになってきた。

「よいか、剣術は面と小手を打てば勝敗が決するのだ」

面を打ち相手の額を三寸ばかり斬《き》れば、確実に討つことが出来る。

小手を斬れば、相手は刀を持つことが出来なくなる。

まずこの二つの技を鍛《きた》えるべきだと、予てから考えていた理念が、忠太の口からすらすらと出た。

弟子達も、竹刀で〝ながぬま〟に打ち込むと、忠太の言うことがすぐに飲み込めて、稽古が楽しくなってきた。

元より今までの稽古で、少々のことではへこたれない体力がついている。

代わる代わる忠太に打ち込んでいく稽古は、正に、〝遊び〟の気楽さがあった。

ひとしきり打ち込み稽古をさせると、忠太は〝ながぬま〟を脱ぎ、

「小野派一刀流中西道場の道具を拵えねばならぬ。忠蔵、すぐにかかるがよい。掛かりは要るだけ申せ、手間暇を惜しむな。だが、急がねば仕合のためには役立たぬぞ」

と、申し伝えたのである。

二

中西道場版〝ながぬま〟の製作は、その日から始まった。

きっちりと稽古をこなしながらの作業であるから、六人分が完成するまでは大変な日々が続くことになるが、五人の若き剣士達は、稽古の外で顔を付き合わせて意見を出し合うのが楽しくてならなかった。

「まず決起の集まりを持とう」

稽古を終えると、五人で行きつけの柳橋袂《やなぎばしたもと》のそば屋〝鶴亀庵《つるかめあん》〟へ入り、気勢をあげた。

自分達独自で面、籠手《こて》などの道具製作をいかに果すか――。五人はそばで腹を膨らませつつ、声を弾ませ、熱く語り合ったものだ。

小上がりの隅での談義は、胸躍り、どこか誇らしかった。

剣術道具など武具屋に頼んでしまえば楽なのであろうが、まだ広く普及していない物を頼むと、職人とのやり取りが面倒であり、入費がどれだけかかるかも読めない。

その上に、中西道場が新たなる〝ながぬま〟を拵えんとしていることが、方々に漏れるかもしれないのだ。

ここは〝いせや〟を生み出した五人が、智恵《ちえ》を出し合い、密かに拵える必要に迫られてもいた。

この日の決起集会では、まず道具に使用する紺反《こんたん》、その中に仕込む綿などは、今度もまた、今村伊兵衛の実家である木綿問屋〝伊勢屋〟で用意してもらうことが決まった。

道具の補強に使用したい皮革も、伊兵衛が父・住蔵に相談して調達することになっ

たのだが、

「面鉄をどうするかだな……」

忠蔵は腕組みをした。

面を守る鉄は、全体が亀甲《きっこう》のような形をしている。楕円《だえん》の鉄枠に曲線を描いた細い鉄棒が横にはめ込まれ、上下に走る鉄がそれを支えるのだが、このような細工は鍛冶《かじ》屋に頼まないと自分達では出来ない。

かつては竹製の面も作られたようだが、竹では折れた時に、顔面を守るどころか、かえって大怪我《おおけが》の因《もと》となる。

刀鍛冶なら心当りはあるが、こういう細工物となると勝手が違うはずだ。おまけに注文が細かい割には、払う金も謝礼程度となれば頼み辛《づら》い。

忠蔵はそれが最大の懸念だと、思案していた。

「そんなことなら、おれに任せてくれ」

すると、意外や若杉新右衛門が、こともなげに言った。

「任せてくれって……、新さん、お前は鉄を打てるのかい？」

伊兵衛が目を丸くした。

「そんなもの、打てるわけがねえだろ。火の粉がとんだら熱いだろうが」

新右衛門は顔をしかめた。

こういうやり取りは見ていると楽しいが、気をつけないと新右衛門はここから脱線して、延々と無駄話を始める。

「無理を聞いてくれる鍛冶職人を知っているのかい」

すかさず忠蔵が問うた。

「ああ、おれの親父《おやじ》殿は百姓の親玉だからな。鍬《くわ》とか鎌《かま》とか道具にうるせえんだ」

「なるほど、野鍛冶か……」

「ああ、わざわざ江戸から取り寄せているってわけさ」

野鍛冶は正之助《しょうのすけ》という三十絡みの男で、内藤新宿《ないとうしんじゅく》の天龍寺《てんりゅうじ》門前に住まいを構えているそうな。

「で、新右衛門とは顔馴染《なじみ》なのかい?」

平井大蔵が巨体を前のめりにさせて訊《たず》ねた。

「当り前だよ。正さん、新さんの仲だ。無理は聞いてくれるさ」

新右衛門は胸を張った。

一同は、ほっと胸を撫《な》で下ろして喜び合ったものだが、

「正さんは、腕は好《よ》いんだが変わり者でな。そこがちょいと気にかかるんだ……」

正之助は職人にありがちな気難しい男ではないのだが、酒好き、博奕《ばくち》好きで、時に納期が遅れたりするのが玉に瑕《きず》なのだと、新右衛門はぽつりと付け加えた。

一瞬、四人は不安に包まれたが、

「そういうことでは、おれ達だってまともな奴とは言えないだろう」

大蔵の一言でたちまち和《なご》んだ。

「そうだよ、誰《だれ》だって癖はあるさ。おれ達も一緒にその正さんの機嫌をとるから、新右衛門、よろしく頼むよ」

忠蔵が新右衛門の肩を叩《たた》いた。

「まあそうだな。他ならぬおれの頼みってことになれば、正さんも張り切ってくれるだろうよ。こいつは余計なことを言ってしまったよ」

そこから新右衛門の野鍛冶についての蘊蓄《うんちく》がしばし語られ、必ず仕合に勝とうと誓い合い、決起の小宴はお開きとなった。

五人はそれぞれ家路についたが、忠蔵の足はいつしか久松町に向いていた。

三

「ふッ、いたよ……」

中西忠蔵の足が止まった。

浜町河岸《はまちょうがし》の岸辺で、ぼーッと水面《みなも》を見つめている若者が一人――。

安川市之助であった。

小野道場からの帰りに、この岸辺に立っている市之助をよく見かけたものだが、このところは小野道場に行くこともなく、決まりの姿を目にしていなかった。

去年の暮れに、市之助の用心棒の助《すけ》っ人《と》をして、青物問屋の娘に迫る悪漢を追っ払った忠蔵達であった。

その折に互いの友情を確かめ合ったものの、それからは市之助に会いに行く機会も口実もなかったのだが、今日は話しておきたいことがあった。

五人連れ立って訪ねると、市之助もかえって孤独が増すかもしれない。

忠蔵はそう気遣って、誰にも告げずに久松町の浪宅を訪ねるつもりであったのだが、ちょうどよい具合に市之助と出会えたというものだ。

市之助は水面に小石を投げ込んだ。

そうして広がる波紋を見つめる。それを繰り返すと何故《なぜ》か心が落ち着くらしい。

「落ち着いたかい……」

忠蔵は、頃《ころ》やよしと声をかけた。

「おう、忠蔵か……」

心が落ち着いた時に友の姿――。

市之助はにこやかに忠蔵を見た。

「あん時は、助っ人してくれてすまなかったな……」

「いやいや、お蔭《かげ》でおれ達も好い気晴らしになったし、あのはねっかえりの親から礼金が届いて、こっちもありがたかったよ」

「ふふふ、そうかい」

「あれからどうだい？　用心棒の方はうまくいっているんだろうな」

「ああ、忠蔵達のお蔭で名が売れたよ。今もその帰りさ」

正月三《さん》が日《にち》の間だけと頼まれて行った、玉池稲荷の水茶屋が、

「いつでも構いませんので、ちょいと床几《しょうぎ》に腰をかけに来てくださいまし」

と、言ってきた。

座っている長さに応じて、代を払うとのこと。

店にしてみれば、時折市之助が姿を見せてくれるだけで、面倒な客の押さえになるらしい。

市之助も空いている時に出かけて、座って茶を飲んでいるだけで小遣い銭が出るの

で、真《まこと》に都合がよい。

もっとも今の市之助はというと、新たな用心棒の口は幾つかあるが、次々と渡り歩くのも気が引けて、しばし間を空けている。

「稼ぎながら剣術を学ぶ手立ても見つかりましょう」

などと、母の美津に言った手前、剣術修行の道筋も探らねばならない。

とはいえそれも、どこの門を叩けばよいのか。

入門したものの、また追い出されるのではないかという不安も過《よぎ》り、思うに任せないでいる。

それゆえ、ほとんどが〝空いている時〟なのだ。

見栄《みえ》を張って、あれこれ忙しいふりをして、水茶屋の床几に座りに行くのも日を選んでいるのだが、今日はやたらと寂しさが募り、件の水茶屋へ出かけ、小遣い銭を握りしめて帰って来たところであった。

とはいえ、忠蔵にはそういうみっともない毎日を知られたくない。

「まず、そっちの方は忙しくしているよ」

と、市之助は言葉を濁した。

「そうか、それはよかった。市之助は偉いよ」

忠蔵は、市之助の用心棒稼業については、一切詮索《せんさく》せずに、母想《おも》いの彼を称《たた》えて、

「それで、剣術の方の行く道は決まったのかい？」

と、問うた。

「いや、早く決めねばならぬと思いながら、なかなかことというところに想いがいかねえんだよ」

市之助は素直に応《こた》えた。

水茶屋で小遣い銭を稼いでの帰り、岸辺で気持ちを落ち着けていたのは、未《いま》だ剣術の先行きが決まらぬ苛立《いらだ》ちを、母に見せたくなかったからだ。

そこへちょうどよい具合に忠蔵が現れた。用心棒稼業のことは言葉を濁しても、かつての剣友には己《おの》が悩みを打ち明けたくなっていた。

「お前は、おれ達みたいに気楽に構えてはいられぬから、無理もあるまい」

市之助の気持ちはわかるだけに、忠蔵は労《ねぎら》った。

「そんな風に言ってくれると嬉しいが、実のところは恐《こわ》いのさ。もう二度破門されているから、三度目は許されぬだろ」

「うちの親父殿も、いつまでも怒ってはいまい。ほとぼりが冷めるのを待って、おれ達がうまくとりなすから、戻ってこぬか。まあ、毎日の稽古は大変だが、これで少し

はおもしろくなってきたんだぜ」

「忠蔵の気持ちは嬉しいが、先生にもおれにも意地があるからな。もちろん、もう恨《うら》みつらみは何もないが、覆水盆《ふくすいぼん》に返らず、て言葉があるじゃあねえか」

「なるほど。そう言うと思ったよ」

「すまぬ……」

「いいんだよ。実はここだけの話なんだが、直心影流の稽古を、中西道場に取り入れてみてはどうかと、親父殿は考えていてな」

「おいおいそんな話をおれにして好いのかよ」

「市之助だから言っているのさ。詳しい話はこれからだが、近々長沼道場と仕合をすることになっているんだ」

「そいつはおもしろそうだな……」

「今日おれがここへ来たのは、中西道場に戻るつもりがないのなら、長沼道場に入門したらどうだと勧めたかったからなんだ」

「長沼道場……」

「ああ、あそこの稽古なら市之助の好みに合うと思うし、長沼先生は話のわかる立派な御方《おかた》のようだ」

「そうすれば、いつか市之助とおれとが、仕合をすることになるかもしれぬではないか。道場は違っても仕合で共に剣を鍛える。おもしろいとは思わぬか」

「なるほど、そいつはおもしろそうだな。うむ、考えておくよ」

「そうしてくれ。これで楽しみがひとつ増える。そんなら市之助、またな……」

「ああ、またな……。忠蔵、訪ねてくれて嬉しかったよ……」

市之助は、忠蔵への謝意を何と表現してよいかわからず、去り行く友にそれだけを伝えた。

忠蔵はそのにこやかな表情を、市之助の瞼《まぶた》に深く刻みつけ小走りに去った。

「ありがたい奴だ……」

市之助は、再び水面を見つめてそこへ小石を投げ込んだ。

すっかりと日も暮れてきて、近くの船着場に灯《とも》る明かりが、水面の波紋をきらきらとさせた。

「直心影流、長沼道場か……」

その評判は以前から聞いていた。市之助が目指す、実戦に役立つ稽古をしているらしい。


「直心影流か……」

だが、将軍家の流儀である小野派一刀流への憧《あこが》れは、安川家再興を願う市之助には依然大きかった。

とはいえ、小野道場に続いて中西道場までも追い出された今の自分には、確かに合っているかもしれない。

忠蔵が勧めるのだから確かであろう。長沼道場の師範も大人物だというし、いつか中西忠蔵やかつての仲間達と仕合で竹刀を交じえるのも悪くない。

市之助の心は千々に乱れる。

忠蔵は、長沼道場を勧める前に、自分達がとりなすから中西道場へ戻ってこないかと、言ってくれた。

そして市之助は、心の奥底ではそれを望んでいるのだ。

何故強がるのだ。忠蔵とて、市之助が長沼道場に入門するより、中西道場で共に血と汗を流すことを望んでいるというものを——。

——きっとおれは中西忠太が恐いのだ。

いつも強がってきた自分の弱さを、忠太ほど見抜いている者はなかろう。

そして忠太には恐るべき強さと、かつて小野道場の門人・関口憲四郎を打ち殺した狂気がある。

いつか自分も関口憲四郎の二の舞になるのではないか。

動物の本能に似た恐怖が市之助を襲うのか。

若者の怒り、焦り、希望は、水面に輝く波紋のごとく頼りなく広がっては消えていく。

市之助は考えねばならなかった。それが忠蔵への友情の証《あかし》であるのは確かなのだ。

四

一人行く道を外れ、もがき苦しむ安川市之助であったが、中西道場の五人には悩んでいる間はなかった。

とにかく、中西道場独自の剣術道具を稽古の合間に作らねばならないのだ。

稽古以外で五人が集まり、ああでもないこうでもないと智恵を出し合うのは楽しかったが、笑い合っていても道具は出来ない。

稽古が終ると製作の道筋を話し合い、今村伊兵衛が、実家の伊勢屋の奉公人を密かに中西道場へ呼んで、〝ながぬま〟一揃いを店に運び込んだ。

そしてこういう時は頼りになる父・住蔵に見てもらい、意見を求めた。

師範の中西忠太は、そのあたりの折衝は伊兵衛に一任した。

〝いせや〟製作の折も、住蔵に世話になり、住蔵の武芸道楽ぶりに舌を巻いたものだ

が、自分が表立って頼みに行ったりすれば、

「断りたいと思うても、断りにくうなるゆえ、挨拶《あいさつ》と礼はできあがってからしに参ろう」

と、したのである。

門人達もその方が気楽であったが、張り切り過ぎる住蔵を宥《なだ》めるのには、少々骨が折れた。

「むむむ……、これが〝ながぬま〟か。伊勢屋住蔵を甘く見るではないぞ……」

住蔵は一目見るや、わけのわからない唸りを発し、店の者達を呼び集め、紺反と綿、さらに牛、馬、鹿《しか》の革などを、すぐに用意するように命じた。

打ち合っても怪我のない稽古刀作りに加わり、中西忠太がそれを〝いせや〟と名付けたことに、彼は随分と気をよくしていた。

こういうこともあろうと、密かに剣術の道具についても調べていたようで、

「まず丈夫な綿《めん》の布に、綿《わた》を詰め込み布団を拵える、だがこれでは厚みが邪魔になるので、上から幾筋か針を入れていく。そうすれば、布団は平たくなる。さらに弱そうなところに革を縫いつけて、丸めたり張り合わせたりして、丈夫な組を取りつければ、体を守り、尚《なお》かつ軽い鎧《よろい》の下地となりましょう」

住蔵は集めさせた素材を手に取り、実際に工法を見せた。

「なるほど、これは見事だ……」

忠蔵は感嘆した。

彼は細工物が得意なだけに、住蔵が説く原理がよくわかるのだ。

確かにそうであった。丈夫で薄い布団があれば、それを組み合わせることで、新たな〝ながぬま〟が容易《たやす》く出来るであろう。

まずこれで籠手はすぐに拵えられる。

手袋の部位は難しいが、縁《ふち》に細長い革をはわし、そこに型紙を合わせて切った薄い革を縫いつけていけばよい。

「うむ、さすがは忠蔵殿……」

住蔵もまた、同じことを考えていたようで、忠蔵の製法に同意した。

「とはいえ、一針一針糸を入れて、布団を拵えるのは手間がかかりますぞ」

住蔵はそれを案じた。

おまけに、こういう裁縫は熟練した技がいる。

忠蔵がいかに器用でも、稽古の片手間ですれば、籠手のほんの一部分しか一日に仕上がらぬであろう。

「いや、我ら手分けして、夜なべをいたしたとて拵えてみせまする」

忠蔵は胸を張り、他の四人もしっかりと頷いたが、

「刻《とき》を無駄にしてはなりませぬぞ。この、丈夫で薄い布団は、うまくいくと商いになりましょう。わたしの方で作らせてみますので、それをいかようにでも組み合わせて、道具を拵えられたらよろしゅうございましょう」

住蔵は、商人らしく利を持ち出して忠蔵を宥めた。

「いや、しかしそれでは……」

「迷惑ではございませぬ。商いの種をいただいて、こちらはありがたく思うております。それに、面を守る鉄については、わたしにはとんと覚えがございませぬ。まず、そちらに手間暇を注がれるべきかと……」

恐縮する忠蔵に、住蔵は諭すように告げた。

野鍛冶については、若杉新右衛門が存じよりの、正之助という職人を訪ねることになっているが、それで面鉄が出来るかどうか決まったわけでもない。

ここは住蔵に、部品の詳細を告げ、拵えてもらうべきであろう。

「何のこれしき。日頃は伊兵衛がさぞかし、方々の足を引っ張っていることにございましょう。そのお詫《わ》びでございますよ」

住蔵は、五人を相手に話すうちにすっかりと若返ったようで、声音も心なしか高くなり、

「この道具作りに加えてもらって、楽しゅうて、楽しゅうて……」

恰幅《かっぷく》のよい体を揺らしながら、高らかに笑ったものだ。

五人は一斉に、

「忝《かたじけの》うござりまする……」

深々と頭を下げ、ほっと息をついた。

一筋縄ではいかぬと身構えていた道具作りであったが、思いの外早く形になりそうである――。

しかし、どういうわけか、中西道場の者達が寄って何か始めると、一騒動が起こる。

だからこそ中西道場にはえも言われぬおかしみと、人の情の温かさがあるのだが、この時の五人にはもちろん、知る由もなかったのである。

五

その居付の仕事場は、町屋の外れにあった。

火を使う野鍛冶の住まいであるから、ちょうどよい立地なのであろうが、一目見て

独身《やもめ》暮らしのだらしなさが外から窺《うかが》える。

壊れた桶《おけ》や柄杓《ひしゃく》、割れた茶碗《ちゃわん》が雑然と放置され、いつ頃に枯れたのかわからぬような植木鉢が、自慢気に人目の引くところに飾られている。

障子窓のところどころは破れ放題で、いかに鍛冶屋の内は暑くとも、春先は隙間風《すきまかぜ》が寒かろう。

「う〜む……、こいつはひどい。ちょっと訪ねぬ間にこれだよ。まったく正さんにも困ったもんだぜ」

家の前に立つ若杉新右衛門が溜息《ためいき》をついた。

ここが、件の野鍛冶・正之助の居付の仕事場であるのは言うまでもなかろう。

「まあ、名人というのは、とかく手前のことにはだらしなかったりするもんだよ」

平井大蔵が笑ってみせた。

町医者の父に付いて、方々に往診に出かけたことのある彼は、そういう浮世離れした職人を何人も見てきたと言う。

「うむ、おれもそう思うよ」

今村伊兵衛も同意したが、荒涼とした景色をまのあたりにして、顔は笑っていなかった。

「新右衛門、まず声をかけてくれ」

中西忠蔵が言った。

「さっさと話をすませようぜ」

新田桂三郎が続けた。

中西道場の五人は、伊勢屋住蔵からの心強い助けを得て、勇躍内藤新宿の天龍寺門前へとやって来た。

面を守る鉄の仮面が出来れば、道具作りのめどが立つ。

五人の報告を受けて師範の中西忠太は、

「でかしたぞ！　お前達のやる気が窺われて何よりだ。よし、明日が勝負というなら、稽古はよいから皆で内藤新宿へ出かけるがよい。新右衛門、頼んだぞ！」

すっかりと興奮の面持ちで、五人の弟子を送り出したのである。

そうなると、五人もよい結果を持って帰りたくなるのは人情だ。

しかし同時に、新右衛門曰《いわ》く、正之助という野鍛冶は腕は確かだが、酒と博奕が玉に瑕である……、その言葉が小さなとげが刺さったように気にかかる。

五人はそれなりの不良であったから、こういう大人の性質《たち》の悪さをよく見てきている。

酒、博奕……、名人と言われる人ほど、いずれも適度に抑えることが出来なくなるものだ――。

五人は朝から新右衛門の家に集まり、正之助への注文を整理してから〝ながぬま〟を麻袋に入れ、交代で抱えてやって来た。

その道中は勇ましいものであったが、内心不安を抱えていたのである。

それが、正之助の住まいを前にして、一気に噴出したのだ。

とはいえ、風は冷たかったが、春空は青く澄み渡っている。

昼下がりの青天を見上げると、くだらぬことに気を取られている自分達がおかしくなってきた。

「まあ、とにかく中へ入ろう」

新右衛門が大きな声で呼びかけ、五人は家の中へと入った。

鍬や鋤が方々に転がっていた。

さすがに鞴《ふいご》の周囲はきれいに整理されているが、仕事場には誰もいなかった。

「何だ留守かよ……」

新右衛門は拍子抜けしたが、仕事場に続く座敷の上《あが》り框《がまち》から唸り声がする――。

「正さん、いるのかい？　おれだよ、新右衛門だ！」

「おお……、新さんかい……」

唸り声と共に、正之助の声が低く響いた。

「そこにいるのかい？」

新右衛門は座敷に上がって、外に向かって立てかけられてある衝立《ついたて》をひょいと取り払った。

「正さん……、いきなりこれかよ……」

新右衛門は大きく息を吐いた。

衝立の向こうには、男一人がだらしなく倒れていて、その傍らには酒徳利《さかどっくり》が転がっていた。

どう見ても、酔っ払いが潰《つぶ》れた後そのまま眠りについて、朝になっても起きられなくなったという様子である。

「面目ねえ……。とんだところを見られちまったよ……」

正之助は、酒臭い息を吐きながら、無精ひげだらけの顔を撫で回した。

鉛色の顔には精気がなく、三十過ぎだというが、十は老けて見える。

ただの酒好きが、飲み過ぎで苦しい朝を迎えたというだけではないようだ。

となると博奕絡みの自棄酒《やけざけ》か――。

五人は瞬時に悟って顔をしかめた。

とはいえ、他を当っている間もない。

「まあ、水を飲んで、一息ついてくだされ」

こういう介抱には慣れている大蔵が、素早く動いて台所に水瓶《みずがめ》を見つけ、傍らに転がっていた茶碗に汲《く》んで差し出した。

「こいつはどうも……」

正之助は、がぶがぶと飲み干して、

「新さんのお仲間ですかい？」

と、頭を下げてみせた。

「そうだよ、おれが通っている剣術道場の仲間なんだよ。皆でやって来たのには、理《わ》由《け》があるのさ」

「理由ねえ……。で、おれなんかに何の用があるんだよう……」

正之助は捨て鉢な物言いをした。

「正さんの腕を見込んで、拵えてもらいたい物があるんだよ」

新右衛門は、もう一杯水を勧めると、

「早く酔いを醒《さ》まして、おれの頼みを聞いておくれよ」

それから面鉄について、持参した〝ながぬま〟を見せながら、熱く語った。

正之助は、その間に四人の仲間を紹介され、彼らからも面鉄の重要さを説かれたが、聞いているのかどうか、終始上の空で焦点が合わぬ目をしていた。

「そういうわけで、こいつを何としてでも拵えてもらいたいんだよ。正さんならあっという間にできるだろ？」

やがて新右衛門が力強く言うと、

「何のことだかよくわからねえが、おれは役に立てねえよ……」

正之助は、幽霊のようなか細く思いつめた声で応えた。

「おい、何を言っているんだよ」

「新さん、おれなぁ、今夜あたり、どっかへ消えちまおうかと思っているんだよ……」

「どっかへ消えちまう？」

「そうだよ。でねえとおれは殺されちまうんだ……」

正之助はついに、しくしくと泣き出した。

五人は顔を見合わせた。

正之助の事情は自《おの》ずと知れた。博奕で不始末をしでかして身に危険が迫り、それを酒の力を借りて忘れようとして酔い潰れ、目が覚めたら新右衛門が仲間と共に訪ねて来ていた、そんなところであろう。

何という間の悪さだ――。

五人は同時に呻《うめ》いたが、若者の純情がたちまち首をもたげる。

「正之助殿、まず事情を聞かせてくださらぬか……」

五人のまとめ役である忠蔵が、真心を込めて訊ねた。

新右衛門の知り人となれば放《ほう》ってはおけぬ。他所《よそ》を当る前に、まず難儀を収めて、あくまでも正之助に仕事を頼みたい。

彼らの想いはひとつになっていたのである。

六

正之助が重い口を開いて語った事情は、忠蔵達五人が予想した通りであった。

内藤新宿の小さな賭場《とば》に、博奕仲間と連れ立って入ったのがいけなかった。

その日はほんの少し負けて終ったので、

「よし、次は勝てるぞ」

と意気込んだ。仲間達は正之助に、

「あすこはどうもうさんくせえや。ちょっとの負けなら、遊んだつもりで出入りしねえ方がいいぜ」

何度も忠告したのだが、それも耳に入らず熱くなるうちに、すっかり深みにはまってしまった。

負けると頭にきて酒を飲む。酒を飲むと気が大きくなって金を借りてまで勝負に走る。

やがて見事に巻きあげられ、いかさま博奕と知った時は遅かった。

賭場を仕切る一六《いちろく》の弥太五郎《やたごろう》というやくざ者に、

「手前《てめえ》、いかさまだと言い張るならそれもいいや。こっちは証文をとっているんだぜ。どうけりをつけるか考えな。おれは明後日の朝にお前を訪ねるから、そん時にじっくりと話し合おうじゃあねえか」

などと凄《すご》まれたのだ。

「それが昨夜のことかい?」

新右衛門は呆《あき》れ顔で問うた。

「ああそうだ……」

「その弥太五郎って奴は、いかさま野郎なのかい?」

「ああ、聞いてみればとんだ野郎だ。今までにも博奕で巻きあげて金を貸して、返せねえとなれば悪事の片棒を担がせる、そんなことをしていたらしい……」

「まったく屑《くず》だな」

「だが、考えてみりゃあ、博奕の深みにはまる者が馬鹿なんだ。おれも悪事に手を染めて生きていきたかあねえ。奴は明日一日じっくり考えろ、逃げても無駄だと凄みやがったが、明日の朝がくるまでに逃げてやるつもりだよ。新さん、八王子の親父さんは匿《かくま》ってくれねえかな。頼んでくんねえかい……」

正之助は手を合わせた。

「ちょっと待ちなよ……」

そこに桂三郎が割って入った。

「新右衛門の親父殿に頼む前に、おれ達が何とかなるように考えるよ」

気の短かい男である。話を聞くうちに、一六の弥太五郎への憎しみが湧《わ》いてきて、このままにしておけなくなったのだ。

こうなるとこの五人は血の気が多い。

「そうだな。桂三郎の言う通りだ。確かに正之助殿のしたことは誉《ほ》められたものではないが、逃げたところで弥太五郎とかいうやくざ者は、また悪さをしでかすんだ。野放しにはできぬぞ」

忠蔵が大きく頷いた。

新右衛門も元よりそのつもりである。

「おれが言い出したことで皆を巻き込んじまったな……。でも助《す》けてくれるかい」

「当り前だよ」

「正之助さんには、鉄の仮面を拵えてもらわないといけないんだからな」

大蔵と伊兵衛が口々に言った。

「いや、だが新さん、そいつはいけねえよ。今は修行中の身なんだろ」

正之助は頭を振った。

先のある若者達に、やくざ者と喧嘩《けんか》などさせるわけにはいかないと、すっかり酔いも醒めたようだ。

そういう分別があるのなら、始めからいかさま博奕などに引っかからずにすんだはずなのだが、三十過ぎの正之助には、五人がどこか頼りなく見えたのであろう。おかしなところで分別をしたのだ。

「そんなら正さん、お前、逃げるっていうのかい？」

新右衛門が怒ったように言った。

「長い付合いなんだぜ。おれがそんな話を聞いて、じっとしていられると思うかい？」

「いや、その気持ちは嬉しいが……」

「こんな日に訪ねて来たのも、お天道様のお引き合わせだと思わねえかい？」

「考えてみりゃあそうだが……」

「正さんには、八王子の鍬や鎌も打ってもらわねえといけねえんだ。今日一日でしっかり片をつけてあげるよ」

新右衛門は話すうちに興奮してきた。

それを見守る四人も同じで、忙《せわ》しなく首を縦に振ったものだ。

「すまない……、かっちけねえ……、新さん、お仲間の旦那《だんな》方、恩に着ますぜ……」

正之助、今度は嬉し泣きをしたが、

「だが、片をつけるっていっても、どうやって……、まさか長え物を抜いてばっさりと……」

すぐにはっと目をあげた。

「まさか、そんなことはしねえよ」

新右衛門は一笑に付したが、

「だがどうする？　ちょいと頭を捻らねえといけねえな」

と、こんな時には誰よりも冷静沈着な忠蔵を見た。

「あんまり騒ぎにすると、うちの親父殿も黙ってはおらぬからな……」

忠蔵もすぐには妙案が浮かばず、首を傾《かし》げて腕組みをした。

正之助の話から察すると、一六の弥太五郎というやくざ者は、小博奕を仕切る小悪党のようである。

まともに五人でぶつかれば、喧嘩で負けることもなかろう。

しかし、それなりに世の中を渡っている玄人相手となれば、後が面倒になるのも困る。

正之助が、このままいつも通りに野鍛冶の仕事が出来るように片をつけなければ意味がないのだ。

悪戯《いたずら》や喧嘩の策には、五人はなかなかに智恵が回るのだが、弥太五郎は明日、正之助に会いに来ると言っているのであれば、時が迫っている。

悠長に考えてはいられない。

「こういう話になると、市さんが頼りになるんだがな……」

大蔵がぽつりと言った。

「そうだ。それだ！　ここでうだうだ考えていないで、市之助の智恵を借りよう」

忠蔵がこれに乗った。

他の四人も異存はない。

ひとまず、正之助は大伝馬町《おおでんまちょう》の木綿問屋〝伊勢屋〟に匿い、今夜中に何らかの片をつけることに決めて、六人はそっと家を出た。

七

一六の弥太五郎の住まいは、千駄ヶ谷《せんだがや》にある。

玉川《たまがわ》上水の南側に小売り酒屋があり、表向きはそこの主人である。

今は四十になる弥太五郎は、子供の時から利かぬ気の喧嘩好きで、博奕の才があったことから、内藤新宿でちょっとした顔になり、今では小博奕の仕切りが本業になっていた。

自分では俠客《きょうかく》を気取っていて、

「困ったことがあったら、おれに言いな……」

などと周囲の者に言っているのだが、賭場では時にいかさまを仕掛けて、客を食い物にする。

本人にしてみれば、博奕の才があるだけに、

「博奕はそんな甘えものじゃあねえんだ。いかさまを見抜いて勝負できねえ者がいけねえんだよう」

という理屈なのだ。

それゆえに、博奕の貸し借りには厳しく、負ければ高利で貸し付け、稼いで返せないとなると、危ない仕事をさせてでも取り立てるというわけだ。

「これに懲りて、二度と博奕に手を出さねえようになりゃあ、これも人助けよ」

などとうそぶいているが、二度と博奕に手を出せないどころか、弥太五郎のせいで二度とまともな暮らしに戻れない者も数多《あまた》いる。

野鍛冶の正之助のように、夜逃げを選ばんとする者は後を絶たないのである。

しかし、本人は〝人助け〟だと思い込んでいるのであるから性質が悪い。

今日も賭場で、客を儲《もう》けさせたり吐き出させたり――。

とどのつまりは損にはならない博奕の術を見せつけて、

「ふふふ、ちょろいもんよ……」

と、家へ帰る。それが日常である。

この日もいつもの一日が終った。

乾分《こぶん》は五人いる。

賭場の始末に二人残し、酒屋の番に一人置き、今は二人を引き連れている。男伊達《だて》を気取った父親は、十年前に死んだが、乾分を持たぬ博奕好きの暴れ者であったに過ぎない。

――だがおれは違う。

息子の代になって貸元を気取り出したというところか。

処《ところ》の顔役さえしくじらねば、若い者を五人抱えた自分に歯向かう者はいない。

一六の弥太五郎は、やくざなりに人生の充実期を迎えていたのである。

しかし、どれほどの人間であっても、驕《おご》りは禁物だ。

驕ると人が見えなくなり、思わぬところで弱者の反撃を呼ぶことになる。

残念ながら四十絡みの弥太五郎にも、そういう驕りが生まれていたようだ。

玉川上水に架かる橋を目指し、左へ曲がったところで、えも言われぬ殺気を覚えた。

そこは人気のない空き地が両脇《りょうわき》に続く寂しい道だ。

もう何年も遠ざかっている、喧嘩出入りの折の、尻《しり》の穴がぎゅッと引き締まるような、あの感触に襲われたのである。

だが一六の弥太五郎も随分とやきが回っていた。その殺気が自分に向けられたものとは、ここに至っても思わなかった。

いきなり空き地の雑木林の中から、いくつかの黒い影が躍り出たかと思うと、

「一六の弥太五郎、ちょいと顔を貸してもらうぜ」

と、若い男の声がして、乾分二人が懐に呑《の》んだ匕首《あいくち》を抜く間もなく、手にした棒切れで打ちかかってきた。

黒い影は四人いた。

いずれも腕に覚えがあり、乾分二人を難なく打ち倒した。

弥太五郎も、若い頃は何度も修羅場を潜《くぐ》り抜けてきた男であるが、このところは一《いっ》端《ぱし》の顔となり喧嘩の機会もなくなっていた。

しかも、夜目をこらして四人を窺うと、いずれも黒覆面をしていて顔はわからぬが、武士であるのは今の手並を見ても明らかだ。

「な、なんだ手前らは……」

やっとのことに、どすの利いた声で返したが、途端に四本の棒切れをつきつけられて、さすがに足がすくんだ。

「おれ達は、皆、お前のいかさま博奕でひどい目に遭わされた者だ」

覆面の下から、低くこもった声がした。

「な、何のことだ。博奕で負けたからといって、文句を言うんじゃあねえや……」

「やかましいやい！　文句なんぞは言わねえ、手前を叩き殺してやる」

影の一人が凄んだ。

「ま、待て、おれを殺せば、ただじゃあすまねえぞ。金が欲しけりゃあくれてやる。これを持って帰れ……」

弥太五郎は懐から財布を取り出し掲げたが、

「おれ達は物盗《ものと》りじゃあねえんだ。お前みてえな奴を生かしておいちゃあ、泣きを見る者は後を絶たねえ」

「だから、ぶっ殺すのよ」

四人は弥太五郎を囲み、棒切れを上段に構えた。

その構えを見ると、四人共相当に剣術の心得があるらしい。

二人の乾分は、腹を打たれ、足を払われ、地面に伸びてしまったままである。

「や、やめろ……、やめてくれ……」

弥太五郎は戦慄《せんりつ》した。

ところがその時、遠くから提灯《ちょうちん》の明かりが二つ見えた。

「おい！　そこで何をしている！」

凛《りん》とした若者の声がして、たちまちその明かりが近付いてきた。

若者は二人連れで、こちらも武士のようである。

「旦那！　お助けくだせえ、辻斬《つじぎ》りでごぜえやす！」

地獄に仏とばかり、弥太五郎は叫んだ。

「何が辻斬りだこの野郎！」

影は憤慨したが、若い二人連れは、剣術道場の帰りであろうか、袋竹刀のような物を手にしていて、四人の黒覆面につかつかと近寄ると、

「こんな夜中に覆面で顔を隠し、人を襲うお前達こそ怪しい」

「退《の》け、退け！　退かぬなら打ち倒してくれようぞ！」

と、叱りつけた。

「黙れ！　邪魔立てするなら、ただではおかぬぞ！」

黒覆面の首領格が叫んだ。

「どうするつもりだ！」

「こうしてくれる！」

たちまち黒覆面四人と若い二人の闘争が始まった。

棒切れ対袋竹刀――。

棒切れの四人は戦い慣れているのか、激しく力強い動きで打ちかかる。

しかし、袋竹刀の二人は鮮やかな動きで、四人を相手に打ち合い、たちまち小手や胴に一撃を見舞った。

その度に、〝パンッ！〟と体を叩く大きな音が、夜の闇《やみ》の中に響き渡った。

「ち、畜生……」

堪《たま》らず四人組は逃げ出した。

「ふん、口ほどにもない奴らだ」

若い二人の内の物静かな方が、呟《つぶや》くように言った。

「まったくだ！　そこなる人、怪我はござらぬか！」

もう一人の威勢の好いのが、弥太五郎を労《いたわ》った。

「へ、へい……、連れの二人はやられちまったようですが、へい、あっしはその、ぴんぴんとしておりやす」

弥太五郎は感じ入って、

「いやいや、こいつはほんに、危ねえところをありがとうございました。この先に、あっしの家がございますんで、一杯やりながら、このお礼をさせていただきやしょう」

まくしたてるように礼を言った。

「礼など無用……」

物静かな方が応えた。

「我らは、悪い奴らを見かけると、放っておけぬ性質でござってな！」

威勢が好い方がそれに続けた。

「いや、お礼をしねえままだと、あっしの気がすみませんや」

「礼が欲しくて助けたわけではござらぬ」

「気遣いは無用！　この後は人の恨みを買わぬよう、お気をつけなされよ！」

二人は、まるで礼などに興味がない様子で、

「御免！」

と、風のように立ち去った。

「ちょいと旦那……」

弥太五郎は、夢でも見ている心地となって、しばし二人が去った方を見つめていたが、

「おい、お前らいつまでそこで伸びてやがるんだ！　まったく役に立たねえ野郎達だぜ！」

やがて黒覆面に倒された二人の乾分を、口汚く罵《ののし》った。

八

翌朝。

一六の弥太五郎は、五人の乾分を全員引き連れて外へ出た。

昨夜の出来事は、一夜明ければ夢ではなかったかと思われたが、何とか動けるようになった乾分二人の打撲の跡は紫色に腫《は》れていたし、時折あの四人に囲まれた恐怖が疼《うず》き出す。

今日は博奕の貸金を取り立てる日であった。

〝人助け〟とうそぶいていたいかさま博奕であったが、やはり中には仕返しを考えている者もいたらしい。

「だが、貸したものは貸したもの、借りたものは借りたものだ。こいつをはっきりさせねえと、こっちの商売あがったりだ」

渡世人はなめられてはやっていけない。

「あんなことがあったからって、おれは恐がったりしねえぞ……」

自らを鼓舞し、腰には町人差を帯び、乾分を総動員して臨んだというわけだ。

まず目指すは、天龍寺門前の野鍛冶・正之助の家であった。

博奕の才もないくせに、金を借りてまで博奕を打とうという奴には、博奕の恐さを思い知らせてやろう。

それこそ人助けだと、弥太五郎はいつもの理屈でいかさまを仕掛け、正之助を追い込んだ。

正之助は腕の好い職人で、注文が絶えることはないらしい。

一、二年遊ばずに働けば、金も返せるはずだ。

正之助にとっては災難のような話だが、

「身から出た錆《さび》よ」

と、弥太五郎は意にも介さないでいた。

とはいえ、今朝は幾分普段よりも、弥太五郎の威勢も弱まっていた。

「いかさま野郎」と責められ、追い立てられ、そこを律々《りり》しい若武者二人に助けられ、

「この後は人の恨みを買わぬよう、お気をつけなされよ！」

などと諭されて、礼もさせてもらえなかったことが、四十男の気を萎《な》えさせていたのである。

どうも恰好《かっこう》の悪さが表に出て決まりが悪かった。

それを、金を返さぬ正之助への怒りで紛らわそうと考えたのだが、

「おう、野鍛冶の旦那、来たぜ！」

威風を放ちながら、目当ての家へと入ってみると、正之助は奥の座敷で来客と真顔で話し込んでいた。

「何でえ。お客かい……」

弥太五郎は、不機嫌な声で言った。

商売繁盛は結構だが、正之助には今朝訪ねると言ってあったはずである。

客がいれば貸金の話はしにくいではないか。

慌てるかと思えば、正之助はいたって冷静で、

「親分、すまねえ……。ちょいと急ぎの用でお得意さまがお越しでしてねえ」

と、言う。

「急ぎの用……？」

弥太五郎は怪訝《けげん》な表情を浮かべた。

客は二人連れで、弥太五郎に背を向けていたが、若い武士のようである。その辺りの百姓なら脅しつけて追い払うが、そうもいくまい。

――ちッ、面倒な野郎だ。

と、さらに不機嫌な表情になった弥太五郎へ、先客二人が振り向いた。

「おおッ、これは奇遇だ……！」

「こんなところで会うとは……」

するとニ人は驚いて、口々に弥太五郎に声をかけたものだ。

驚いたのは弥太五郎も同じである。

「こ、これは昨夜の……」

二人は黒覆面の四人組を、見事な太刀捌《さば》きで追い払ってくれた、あの若い武士たちであった。

「え？　親分、このお二人とお知り合いだったのですかい？」

正之助も目を丸くした。

「まあ、その、知り合《え》えってほどのもんじゃあねえんだが……」

たちまち弥太五郎の声音は弱まった。

悪い奴でも一端の渡世人である。

名乗りもせずに去っていったあの二人が、正之助の客となれば、恩義があるだけに滅多なことは出来ない。

昨夜の一件を引きずって、五人の乾分を引き連れているのだと思われるのも恥ずかしかった。

「ははは、世間は狭いものだ！　正さんの知り人であったとはな」

威勢の好い方の武士が豪快に笑った。

「うむ、我らも助けた甲斐《かい》があったというものだな」

物静かな一人が、大きく頷いて思い入れをした。

「昨夜は、世話になりっ放しで、申し訳ございやせん……」

こう言われると、弥太五郎も下手に出るしかない。

この二人の強さをまのあたりにしていたのだから当然だ。

「このお人は、一六の弥太五郎親分といって、ちょいと、その、博奕のことで迷惑をかけているのだよ」

正之助は二人に頭を掻《か》きながら言った。

「博奕で迷惑？　正さん、そいつはいけないよ。悪い癖だ」

威勢の好い武士は、正之助を窘《たしな》めると、

「某《それがし》は、若杉新右衛門と申す。正之助殿には、親父があれこれと頼みごとをしていて、古い付合いなのでござるよ。この御仁は中西忠蔵殿、共に小野派一刀流中西道場で、修行中の身でござる」

と、よく通る声で言った。

中西道場の五人が、安川市之助に智恵を求め授けられたのはこの一芝居であった。

市之助は、

「この前の礼に、今度はおれが助っ人するよ」

とばかりに、まず自分も加わって、一六の弥太五郎の立廻り先を探り当てた。

そうして、弥太五郎を襲う組と救う組の二つに分かれ夜を待った。

となれば、昨夜、弥太五郎を襲った四人組は、市之助に、新田桂三郎、平井大蔵、今村伊兵衛の四人となろう。

これを新右衛門と忠蔵が迎え討つ。

二人は袋竹刀に似せた〝いせや〟で、予《あらかじ》め決めておいた型の通りに、四人を叩き伏せる。

〝いせや〟であるから、四人の痛みは少ないし、本当に体に当てるので迫真の演技となる。

新右衛門と忠蔵は、強さを大いに見せつけて、その場は弥太五郎を労って立ち去る。

翌日は、夜明けから匿っていた正之助を伴って、天龍寺門前の家へ入り、弥太五郎が来るのを待つのである。

真っ向から、〝いかさま野郎〟と罵り勝負するのではなく、恩を売り、強さを見せつけた上で、自分達は正之助と懇意にしている者だと弥太五郎に正体を明かす。

こうすれば、正之助に後難は降りかかるまい――。

さすがに市之助は、こういう智恵には長《た》けている。

「何でえ、知らねえ仲じゃあなかったんだ」

この一言ですべてが丸く収まる喧嘩を何度も見てきたからである。

新右衛門と忠蔵は、市之助の策を丁寧にこなしていく。

「弥太五郎親分、正さんが何かしでかしたのかな？　たとえば、いかさま博奕に手を出したとか？」

「新右衛門、それは言い過ぎだろう。いかさま博奕など、噂《うわさ》には聞いたことがあるが、正之助殿がそのような男の風上に置けぬような悪事をするはずがなかろう」

「そうだな、忠さんの言う通りだな。正さん、疑ったりしてすまなかったな。となると親分、正さんには借りたままの金があるとか？」

「それが新さん、情けねえ話なんだが、その借金のことなんだよ……」

正之助も、なかなかの役者ぶりである、すっかりとしょぼくれて肩を落してみせる。

「いや、正之助さん、そのことならもういいんだよ……」

弥太五郎は思わずそう言っていた。

純真で正義感が人一倍強いらしい、若武者二人を前にして、いかさまや借金の話はしたくなかった。

話をつきつめると、いかさまを仕掛けたのは自分であり、正之助はまだそれを自分に訴えてはいないのだから、今のうちに帳消しにしておいた方がよい。

下手をすれば、この二人を怒らせてしまう。こっちには五人の乾分がついていても、まったく頼りにならないのだ。

小野派一刀流中西道場が、どんなところかは知らないが、敵に回さぬ方が好いのは言うまでもなかった。

「親分……、もういいって……？」

正之助は、内心ほくそ笑みつつ、きょとんとした顔を弥太五郎に向けた。

「いや、その、まあ何だ。たかが博奕の貸し借りだ。それを気に病んで生業《なりわい》に障りが出てはならねえと思って、〝いつだっていいぜ〟今日はそう言おうと思って来たんだよ」

弥太五郎は、日頃似合わぬ笑顔を浮かべた。

「え？　本当ですかい？」

正之助は満面に笑みを浮かべる。

「ああ、本当さ。そう思って来てみりゃあ、このお若え旦那がここにいなさった。実は昨夜、このお二方には危ねえところを助けてもらってよう」

「ほう、そいつはまた奇遇だねえ。このお二人は、そりゃあ強えからねえ、いや、よかった、よかった……」

「よかったではなかろう……！」

ここで忠蔵が気色ばんだ。

「正之助殿、博奕の貸し借りとはいえ、借りは借りではないか。もし親分がいかさまを仕掛けたというなら話は別だが、返すべきものが残っているならきれいにいたすがよかろう」

この辺りの呼吸も市之助が教えてくれたのだが、これが見事に決まった。

「いや、旦那、そんな固っ苦しいことはよしにいたしやしょう。もう、返すべきものは何ひとつ残っちゃあおりやせん。昨日の旦那方へのお礼に、帳消しにいたしやすから」

弥太五郎はしどろもどろになった。

「帳消し……？」

正之助は、笑いを堪《こら》えて首を傾げた。

「ああ、帳消しだ。おれはこのお二方にお礼をさせてもらっちゃあいねえ。だからおれの代わりにお前が、お礼をしてくれねえかい」

「我ら二人は、礼を目当てに親分を助けたわけではない！」

再び正義の士・忠蔵が声をあげる。

「そいつは重々承知いたしておりやす。だがあっしが正之助さんの借金を帳消しにするのは勝手でござんしょう」

「まあ、それはそうだが……」

「あっしが帳消しにする。それで正之助さんは心おきなく、旦那方がご注文される品を拵える……。あっしのお礼もこれで叶《かな》うってわけでさあ」

「なるほど、それも道理だ！　親分は好い人だ！」

新右衛門がまとめに入った。

「いや、好い人だなんて、穴があったら入りてえ……」

「正さんは博奕にのめり込む悪い癖があるから、これからは親分が叱ってやってくだされ」

「へ、へい……」

「頼みましたぞ……」

「あっしなんぞが人様を叱るなんて畏《おそ》れ多いが、まあ正之助さん、そういうことだから、ははは、旦那方、おおきにおやかましゅうございました……」

弥太五郎は、連れてきた乾分達を追い立て、逃げるように去っていった。

彼らの足音が遠ざかると、

「新さん、忠蔵さん、ほんにかっちけねえ……。こんなにすっきりとしたことは、生まれて初めてだ……」

正之助は、ほっと息をついて、新右衛門と忠蔵に頭を下げた。

「もう、博奕は一切いたしません……。今度ばかりは懲りやした……。え？　信じられねえ？　本当にやめてみせやすよ。ええ、きっぱりと……。何なら一両かけましょうか……」

九

「いやいや、市之助には何と礼を言ってよいか……」

中西道場の五人を代表して、中西忠蔵がしみじみとして言った。

忠蔵達は、若杉新右衛門の昔馴染の野鍛冶・正之助の危機を救い、後顧の憂いなく野鍛冶に専念出来るようにしてやった。

正之助は大いに喜んで、忠蔵の注文通り中西道場の人数分の面鉄を、二日で拵えた。

横にはわす鉄棒を細く丈夫に拵え、師範の中西忠太を含めて、門人達それぞれの顔の大きさに合わせ七本から九本にして、物見の位置にくる部分は、少し広めにとった。

新右衛門の父・半兵衛が、正之助が打った野鍛冶の品をわざわざ求めるというだけのことはあった。

忠蔵の目からは、どれも見事で、長沼道場から借りている〝ながぬま〟のそれより、軽くて丈夫な物が出来上がりそうであった。

忠蔵達五人は、面を守る道具を靫《じん》、小手を守る道具を袍《ほう》とひとまず名付け、道具作りはいたって順調であると師・中西忠太に告げた。

忠太が喜ばぬはずはない。

日々の稽古の他は、

「思うように動けばよい」

と、忠蔵にお墨付きを与え、

「腹が減れば、皆で何か食え」

と言って小遣い銭もたっぷりとくれた。

この日は五人で、策を授けてくれた上に、〝黒覆面〟の一人として、一六の弥太五郎襲撃にまで付合ってくれた安川市之助への謝恩の小宴を開いたのだ。

ところは、彼らの行きつけの柳橋袂のそば屋〝鶴亀庵〟であった。

市之助は初めは遠慮したが、五人が熱心に誘うので、この〝鶴亀庵〟で、彼らの礼を受けいれた。

「こういう悪智恵で礼を言われると、むず痒《がゆ》くなっちまうよ」

市之助は照れくさそうに応えると、

「実のところ、おれも久しぶりに覆面をして、やくざ者を叩き伏せるなど、楽しかったよ」

爽《さわ》やかに笑って、忠蔵達がせめてもの礼だと差し出した一分も受け取らなかった。

その上で、

「この前、忠蔵が勧めてくれた、長沼道場の話だが、この月は用心棒で少しは金を貯《た》めておいて、来月にも道場を訪ねてみることにするよ」

と、己が想いを伝えたのである。

直心影流における〝ながぬま〟を中西道場でも拵えてみる。

話を聞けばおもしろそうだ。

中西道場に戻ればよいのに——。

忠蔵を始め、五人の気持ちはありがたいが、やはりそれに踏み切れぬ自分がいたし、いつか長沼道場の剣士として、中西道場の五人と競い合う日も来るかもしれない。

「先だって、忠蔵が勧めてくれたので、何やら目が開かれた想いがしたよ」

市之助は忠蔵以外の四人を前に、今の気持ちを吐露した。

「そうか……、おれは忠さんと同じで、そのうちに先生に皆で頭を下げて、市さんに戻ってもらえねえかと考えていたが、なるほど、長沼道場で鍛えて、いつかおれ達と仕合ができるようになる、てえのも楽しいよな」

新田桂三郎は、市之助の言葉にこのように返した。

そしてそれは中西道場の五人の総意でもあった。

「だが、それはそれとして、市さんが今度のことで、あれこれ手伝ってくれたことは、中西先生に伝えねばならぬな」

平井大蔵が真顔で言った。

これも、今日、安川市之助と会うにあたって、五人全員が心の内に思っていたことであった。

「いや、わざわざ先生に伝えるほどの話ではないよ」

市之助は、首を横に振った。

「今度のことは、先生のためではなくて、皆のためにしたことだ。それに、いくら人助けだとしても、やくざ者相手に一暴れしたなどと、先生に言わぬ方が好いぜ。こんな悪戯は、隠れてそっとするのが楽しいんだ」

言われてみればそうかもしれない。

忠蔵達五人は頷くしかなかった。

いつか市之助と鞁と袍を着けて仕合が出来たら――。

その想いを胸に、六人はしばし歓談し、また皆で集まって、大人に隠れて悪戯をしてやろうではないかと誓い合い、やがて別れた。

忠蔵達は、未だに市之助への未練はあったが、同じ道場におらずとも、共に剣を求め、切瑳《せつさ》琢磨《たくま》する道とてあるはずだと、納得し合ったのだ。

それから、忠蔵達五人は、伊勢屋住蔵の助けを得て、正之助が拵えてくれた面鉄に革を取り付け、さらに薄くて強い布団をこれに巻き付けるようにして取り付け、頭と肩を防御し、中央の下に突き垂を縫い付けて、鞁を完成させた。

小手を守る袍は、手袋に筒状にした布団を縫い付けることで、難なく出来た。

もう少しじっくりと作りたかったところだが、早くこれを着けて稽古に臨みたかったので、粗い造作で仕上げた。

稽古をしながら、日々、修繕をし工夫を加えればよいのだ。

素材の協力は方々から受けたものの、桂三郎達四人を指揮し、これを見事に仕上げた忠蔵の武具職人ぶりは瞠目《どうもく》に値するものであった。

六揃いの籾と袍を目の前にして、中西忠太は涙ぐんで喜んだものだ。

「忝し。真に忝し……。これで仕合に臨める……」

仕合に臨むのは自分達ではないか――。

師の取り乱しようには呆れてしまったが、道具を着けた上でする稽古は思った以上に楽しかった。

忠太は、組太刀と型は疎《おろそ》かにはせず、道具を着けての稽古は半刻《はんとき》（約一時間）ほどに限定して、稽古法を模索した。

師弟共に、籾、袍を着けて立合うのは初めてであり、ひとつひとつ約束ごとを決めていくのは互いに楽しかった。

とはいえ、さすがは中西忠太である。

道具と竹刀での打ち込み稽古のこつをすぐに摑《つか》み、門人達と立合ってもほとんど体に竹刀を触れさせぬ強さを誇った。

五人の弟子達は、師の強さを体感して、

「やはり、型や組太刀を極めていると、いざ打ち合っても違うものだな……」

と語り合い、日頃の稽古を疎かにしてはならないのだと悟ったのである。

忠太は満足を覚えていた。

彼の目から見ると、五人は〝その気〟になっているが、長沼道場で立合えば、入門して間のない門人達と同じくらいの実力しかなかった。

そのうちに、自分達の実力を思い知ることになるだろうが、今は〝その気〟にさせておけばよい。

五人は剣術が、日増しに好きになっている。

皆で、中西道場版〝ながぬま〟の製作に当たらせたことも功を奏した。

道具の工夫は、稽古への想いを高め、剣術の理念を自分なりに思考するきっかけとなる。

さらに、中西道場版の製作によって、五人の結束はより一層強固なものとなったようである。

――あ奴らめ、道具作りにかこつけて、あれこれ悪さをしているのであろうな。

忠太はそれも見越していたが、そのような遊びもまた必要であると、予てから思っている。

長沼四郎左衛門の好意で、藤川弥司郎右衛門との仕合が決まっているが、

「お弟子達が、道具を着けての稽古にひとまず慣れた折に、お相手をさせましょう。その頃合は中西殿の御随意に……」

四郎左衛門はそのように言ってくれた。

今は打倒・長沼道場を胸に、機嫌よく稽古をさせておけばよいのだ。

忠太は籾、袍のさらなる工夫をも、五人に課した。

野鍛冶・正之助の技によって、面鉄は軽くて丈夫に仕上がっている。

面布団も、〝ながぬま〟に比べて長く、肩や鎖骨の防御に勝《すぐ》れている。

逆に袍と名付けた籠手は、布団を短かくして、肘《ひじ》を動かし易くしたのもよい。

肘に相手の竹刀を受けるようでは、動きがなっていないのだと、忠太は日頃から忠蔵に伝えていた。

おこがましい話ではあるが、忠太は〝ながぬま〟を返却する折に、中西道場製の籾と袍を四郎左衛門に披露し、

「もしも、長沼先生がこれぞとお思いの造作がござりますれば、先生の稽古に取り入れていただければ幸いにござりまする」

と、勧めようと思っていた。

借りた物に利息をつけて返すのが、好意への礼というものではないか。

そのためには、まだ中西道場製道具には改良が必要であった。

五人は師の課題に嬉々《きき》として臨んだ。

特に忠蔵は、その分自由に練塀小路の道場から外出が出来るので、楽しみが増えると内心喜んでいた。

そして彼は、今のところまだ〝ながぬま〟にはない〝胴〟の開発をも目論《もくろ》んでいた。

剣術の稽古において大事なのは、面と小手打ちである。

これさえ鍛えれば、仕合には勝てる。

華々しく、相手が打ってきたところを胴に斬る――。

見た目は派手だが、これが真剣勝負になると、容易く出来る技ではない。

抜き胴を打つ前に、相手の刀が体に触れる可能性が高いからだ。

胴など斬られぬように、まず面と小手を実戦で遣える稽古をする。

その理念において、胴は不要なのだ。

それでも、接近戦になり相手の手許《てもと》が浮いたところを胴に斬ることも出来よう。

胴を着用すると、剣の技がさらに広がるはずである。

長沼道場では、懐に布団を入れてみたり、簾《すだれ》のような竹を腹に巻いて帯で留めてみたりして、己々が工夫しているようだが、中西道場では胴と、それに付随する垂を新たに考案してみたい。

「忠蔵、お前の考えは正しい、思うがままに拵えてみよ。じっくりとな……」

既に忠太の許しも得てある。

忠蔵は時に門人達で集まりを開き、それぞれの意見を本にして、設計を始め、この作業にいそしんだのだが、五人の集会が長沼道場との付合いに、やがてちょっとした水を差すことになる。

十

籾と袍が完成し、中西忠太なりの道具着用における打ち込み稽古が少しずつ固まりつつあった二月の初頭。

中西忠蔵、新田桂三郎、若杉新右衛門、平井大蔵、今村伊兵衛――。

五人の意欲が盛んな間に、一度藤川弥司郎右衛門との仕合を実現させようと考えた忠太は、長沼四郎左衛門に密かに申し入れをした。

「これは楽しみでござる」

四郎左衛門に異存はない。

ひとまず二月十日を仕合の日と決めてくれた。

忠太がこれを五人に告げると、道場内は再び熱気に包まれた。

「まず今のお前達では勝ち目はなかろうが、負けて学ぶこともある。心してかかるがよい」

忠太は弟子達の逸《はや》る心を抑えんとしたが、弟子達は負けるとは一人も思っていないようだ。

相手は藤川弥司郎右衛門一人が務めるのである。

三人目くらいからは疲れも出よう。前二人が後れをとったとて、残る三人が勝てば三勝二敗で中西道場の勝利となろう。

「太平楽ではござりませせぬぞ」

冷静に物ごとを見るのが身上の忠蔵でさえ、勝つつもりでいたのであった。

とはいえ口だけではない。勝つためには稽古が必要だと、五人は目の色を変えて竹刀、道具着用による打ち込み稽古に励んだ。

この長沼道場効果に、忠太はしてやったりであった。

長沼四郎左衛門を訪ねたことを、

「真によい思案であった」

と、自賛していたのだが、仕合を五日後に控えた夜。

俄《にわか》に練塀小路の道場に、四郎左衛門が忠太を訪ねてきた。

稽古も終り、落ち着いた頃合を狙《ねら》って来たようであった。

忠蔵以外の門人は既に家へ帰っていたので、

「これは先生、わざわざのお運び、恐縮次第に存じまする……」

忠太は恭しく請じ入れると、酒肴《しゅこう》を調えてくるよう、忠蔵をして一膳《いちぜん》飯屋の〝つたや〟へ走らせた。

しかし、忠太はどうも胸騒ぎを覚えていた。

何かよからぬことを告げに来たのではないか、そんな気がしたのだ。

「中西殿、お構いくださるな。今日はちと詫びねばならぬことがござって、参った次第にござる」

予感は的中した。

四郎左衛門は道場に上がると、何度も頷きつつ稽古場を眺めて、

「うむ、よい稽古場にござるな。手入れがよう行き届いておりまする」

まずそう言うと、忠太と見所《けんじょ》で向かい合い、

「十日の仕合でござるが、この度は御容赦願えませぬか……」

と、頭を下げたのである。

「左様でござりまするか……」

大きな落胆を覚えたものの、忠太は爽やかな表情を崩さずに、

「そもそもが、無理なお願いでござりました。長沼先生も直心影流の道統を受け継がれる身。あれこれと難しいお立場なのでござりましょう」

と、穏やかに言った。

「あれこれと言い訳はしとうござらぬが、ひとつだけ聞いてもらいとうござる」

「はい……」

「永井《ながい》様の大殿から、しばらくの間、江戸見坂の稽古場を空けておくようにとの仰せがござってのう……」

四郎左衛門は苦虫を嚙《か》み潰したような表情を浮かべた。

永井様の大殿とは、摂州高槻《せっしゅうたかつき》三万六千石の大名・永井家の隠居・前飛驒守直期《ひだのかみなおざね》のことである。

永井家は長沼四郎左衛門の主筋《しゅうすじ》で、父・山田平左衛門と共に、四郎左衛門は剣術指南役を務めてきた。

直期は四年前に隠居して、当代・近江守直行《おうみのかみなおゆき》に家長の座を譲ったのであるが、直行

はまだ二十三歳。直期は尚も家政に君臨《くんりん》していた。

その大殿からの頼みとなれば、四郎左衛門も断れなかった。

長沼道場の稽古後に、時に永井家の家来達を連れて自らも稽古をしたいので、いつでも出来るようにしておいてくれと言うのだが、

「定めし大殿は、どこからか頼まれたのでござろう」

と、四郎左衛門は思っていた。

すなわちそれは、中西道場に長沼道場を使わせるなという横槍《よこやり》が、どこからか入ったことを意味する。江戸見坂の稽古場を空けておくようにという要請は、指南役である長沼四郎左衛門もそこに控えていよ。他所の道場に構うなという意味でもある。

となれば、四郎左衛門が中西道場に出向くわけにもいかないし、忠太としても四郎左衛門の弟子である、藤川弥司郎右衛門一人を寄こせとは言えなかった。

「なるほど、左様でござりまするか。いや、先生には嫌な想いをさせてしまったようにござりまするな。真に申し訳ござりませぬ」

忠太はすべてを察した。

恐らくこれは、小野道場の酒井右京亮の差金であろう。

五人の弟子達は、道具作りで集う際、来たるべき長沼道場の藤川弥司郎右衛門との

仕合について、熱く語った。

そしてそれを聞きつけた者がいて、やがて右京亮の耳に届いた。

右京亮は、直心影流との他流仕合を企《たくら》む中西忠太の本意を知り、永井直期にこれをさせぬようにと持ちかけたのに違いない。

直期は武芸好きで、直心影流を取り上げたものの、将軍家の流儀である小野派一刀流に対しても礼を尽くしてきたようだ。

その付合いを通じて、酒井右京亮とは懇意であったと思われる。

徳川譜代の名門とはいえ、幕政に参与していない永井家である。

隠居は、右京亮の顔の広さをうまく利用して、家名をあげんと考えていたのかもしれない。

となれば、右京亮の願いごとを叶えて、恩を売っておくにこしたことはない。

隠居の身の気楽さも相俟《あいま》って、長沼道場で近く行われるという、他流仕合をさせぬようにと画策したのであろう。

――真に、酒井右京亮らしい。

忠太は、それも仕合の戦法であるのだと悟った。

「大よそのところはわかり申した。それを告げに、わざわざお運びいただきましたとは、真に忝うございました」

四郎左衛門には、〝ながぬま〟を借りた上に、道具着用の稽古について、直《じか》に指南を受けた。これ以上何かを望めば、罰が当るというものだ。

忠太は、四郎左衛門の想いを汲んで頭を垂れた。

「いや、この埋め合せはきっといたすでござろう。それゆえ、少しお待ちくだされい。某も主筋の願いとあらば、無下にもできませいでな」

「わたしも奥平家の家中。先生のお立場はよくわかります」

「忝し。ならば、これより某は、その埋め合せのために動きまする。道具はそれまでお預けいたそう。御免……」

四郎左衛門は慌しく中西道場を辞去したのであった。

忠太は酒肴の仕度を忠蔵に命じていたが、四郎左衛門も居辛かろうと、あえて止め立てはしなかった。

その忠蔵は、酒徳利と折箱を手に道場へ戻る途中に、道場の外で四郎左衛門に会った。

「先生……、もうお帰りにござりまするか……」

挨拶もほどほどに〝つたや〟へ走った忠蔵は、給仕をしてこの剣客の話を父の傍らで聞くのを楽しみにしていただけに、拍子抜けがしていた。

「おお、これは忠蔵殿か。手間をかけましたな。色々と用があって、本日はこれにて……」

四郎左衛門は、にこやかに忠蔵を見た。

「左様でございますか。それならば是非もござりませぬが、ひとつお願いがござりまする」

忠蔵は、ここぞとばかりに臆《おく》せず言った。

「何なりと申されよ」

四郎左衛門は、どこまでもやさしかった。

「父が、破門にした安川市之助という者がございまして」

「その者がどうかいたしたか？」

「わたしは、その市之助とは未だに交誼《こうぎ》を結んでおりまして、畏れながら長沼先生の許で学べばどうかと、勧めてしまいました」

「ほう、それはありがたい。安川市之助、じゃな」

「はい。そのうちに門を叩くことがござりますれば、御弟子の端に加えてやってくだされば幸いに存じまする。何卒《なにとぞ》お願い申し上げまする……」

「これは父親の尻拭《しりぬぐ》いかな。ははは……」

四郎左衛門は小さく笑うと、理由は問わず、

「相わかった。御父上には内緒にしておこう」

すぐに状況を呑み込んで、忠蔵の願いを聞き入れ、ぽんと肩を叩いたものだ。

十一

中西道場の士気は、たちまちしぼんでしまった。

長沼道場での仕合を励みにしていただけに、若い剣士達に失望が広がるのも無理はなかった。

それでも、以前の稽古よりも楽しくなったのである。

「まず、竹刀と道具を使った稽古を身につけるのだ。そうすれば、きっとまた、道も拓《ひら》けるはずだ」

長沼四郎左衛門は、埋め合せはきっとすると言ってくれた。

それを当てにするつもりはないが、思えば中西道場が生まれてから、まだほんの数ヶ月しか経《た》っていないのだ。

「焦りは禁物だ！　お前達は、いざという時のために役立つ剣を目指してきたのでは

なかったか。そうしてここへ来て、自らが道具を拵え、竹刀で打ち合う稽古ができるまでになったのだ。今はしっかりと力をつけるために稽古をする時と心得よ！」

師範の中西忠太に叱咤《しった》されると、なるほど確かにそうだと、その瞬間は力が湧いてくるのだが、

――酒井右京亮と口論になって、小野道場と仕合で決着をつけてやると息まいたのは、中西先生ではないか。

またすぐにそんな想いが湧き上がってくる。

仕合嫌い、道具稽古嫌いの右京亮から、仕合の約定を取り付けたのは、真に痛快ではあるが、

――仕合をするのはおれ達なのだ。するからには負けられない。

気負うなと言われても無理な話である。

勝たねばならぬ仕合の日は、刻一刻と迫ってきているのだ。

名門・長沼道場の俊英との仕合で、経験と弾みをつけられると思っていた矢先に、どこからか横槍が入ったと知れば、口惜《くや》しさが募る。

「長沼道場の稽古をそっと覗《のぞ》きに行こうか」

「なに、おれ達だって、地獄のような稽古を乗り越えてきたんだ」

「そうだな、藤川という門人は強いそうだが、ひけはとるまい」

橋の袂や、そば屋で……、何度となくこんな会話を交わしていたのがいけなかったようだ。

壁に耳ありというもので、誰かに聞かれて、告げ口をされたのに違いない。

「畜生、汚ねえ奴らだ」

告げ口をした者にも、それを受けて仕合が出来ぬように画策した者にも腹が立って堪らなかった。

五人は、稽古の合間に怒りをぶつけ合った。

「おれは、偶然に話を聞かれたとは思っていない……」

忠蔵が今になって思うところでは、酒井右京亮にとっても、中西道場の〝出来損い〟の五人に後れをとることは許されないはずだ。

そこで右京亮は、一年の後に仕合で決着をつける仕儀になってから、小野道場の門人を数人選んで、時折そっと五人の行動を見張らせていたのではないか――。

忠蔵の推測には大いに領けるものがある。

「そうだ。そうに違いない……」

新右衛門は忠蔵の話に身を乗り出した。

「青村《あおむら》と玉川《たまがわ》が怪しいぜ」

桂三郎が声を押し殺した。

忠蔵を除く四人が、安川市之助と共に小野道場を破門になるきっかけとなったのが、青村理三郎《りさぶろう》、玉川哲之助《てつのすけ》との喧嘩であった。

二人は彼らにとって兄弟子であったのだが、仕合にこだわる五人を揶揄《やゆ》したことから対立し、

「それなら袋竹刀で仕合をしてみるか……」

という五人に挑発されて乱闘となった。

結果は五人が破門になったので、連中から恨まれる覚えはないが、乱闘の折は喧嘩馴れした五人に散々な目に遭わされたので、青村達の方には遺恨があるのだろう。

「おれも、青村と玉川の仕業だと思う」

「くだらねえ奴らだな」

大蔵と伊兵衛も忌々しげに頷いた。

「だが、もう戦は始まっているというのに、奴らに盗み聞きされたとしたら、おれ達が間抜けだということだ。告げ口をしたのが奴らだと突き止めて痛い目に遭わしたとて、余計に恥をさらすだけだな……。要は仕合に勝てば好いんだ」

忠蔵が、ふっと笑った。

師範の息子であるだけではなく、四人は彼の言葉にはいつも考えさせられ、落ち着きを取り戻すのである。

「だが、市之助には、長沼道場での仕合がなくなったことを伝えておいた方がよいだろうな」

四人は神妙に頷いた。

市之助にだけは友情の証として、長沼道場で密かに仕合をすることが決まったと打ち明けていた。

市之助はそれを知って、自分も長沼道場へ入門したいと思い始めているのだ。仕合がなくなったのならば、そっと伝えておくべきであろう。

結局、忠蔵はその日のうちに久松町の浪宅を覗きに出かけ、市之助に耳打ちしたのであった。

その折の市之助の落胆ぶりは、なかなかのもので、

「まったく、どこまでもうるせえ奴らだなあ。仕合の時には、叩きのめしてやれ」

と、険しい表情で言ったという。

「とにかく、長沼道場への入門は、もう少し落ち着いてからにするよ」

別れ際には落ち着いて笑顔を見せたが、長沼道場での仕合は、市之助にとってもひとつの希望であったらしい。

「やはり、市さんに伝えるのは、忠さんでないといけないね……」

伊兵衛が言うように、忠蔵以外の誰が伝えても、市之助は悲《ひ》憤慷慨《ふんこうがい》をしたであろうと、桂三郎、新右衛門、大蔵も納得をした。

とはいえ、四郎左衛門は〝埋め合せ〟がすむまでは〝ながぬま〟は預けておくと忠太に言ったのだ。

そのうちにまた、何かよい知らせをもたらしてくれるであろう。

そう信じて、それから忠蔵達五人は、鞁と袍を着けての稽古に打ち込んだ。

以前と比べて、道具を身に着けての打ち込み稽古が増えたので、全体の稽古がより濃密なものになっていた。

何とか術を己が身に付けんと頑張っていると、随分と気が紛れた。

中西忠太は、五人の怒りがあらぬ方へと向かぬよう、さらに猛稽古を課した上に、鞁と袍、さらに胴の開発をも託したので、恨みを募らせる間もなかったのが現実であったと言える。

しかし、安川市之助は違った。

彼にはあれこれと考える間があった。

中西道場を出て、我を通し続けている自分に、変わらぬ友情を示してくれる忠蔵達五人への想いは強い。

それだけに、五人が猛稽古に堪える糧としていた長沼道場との仕合を潰しにかかった連中が許せなかった。

彼の思考の先には、

――おれが忠蔵達の仇《かたき》を討ってやる。おれならどこに迷惑がかかるわけでもあるまい。

そんな決意があった。

――青村と玉川が絡んでいるに違いない。

小野道場を破門になったあの乱闘を先導したのは市之助であっただけに、市之助は誰よりもよく事情を呑みこめていた。

中西忠蔵が、仕合が流れたと知らせてくれた翌日から、市之助は青村理三郎と玉川哲之助の動向を探り始めた。

かつては何度か、小野道場に稽古をしに来るところを摑まえて、喧嘩を売ってやったものだ。

二人が、小野道場へ稽古にやって来る大よその時刻を市之助は覚えていた。

そっと付け回して、二人が核心に触れる話をしたら、その場に出て行って詰問し、

「お前らこそ、小野派一刀流の面汚しではないか！」

と迫り、叩き伏せてやろうと心に決めたのであった。

なかなかに思慮深いところがある中西忠蔵も、起こるべき安川市之助の暴発に、気が回らなかったというところか――。

十二

「ふッ、仕合に勝って、名をあげたいのはわかるが、なりふり構わずというのは、あのことだな」

「まったくだ。小野派一刀流中西道場とは笑わせる。いっそ直心影流中西道場に宗旨替えをしたらよいのだ」

二人の若い剣士が松島稲荷《まつしまいなり》社前の茶屋で笑い合っていた。

二人が噂しているのは正しく、中西忠太とその門人達のことである。

そして、二人の剣士は小野道場に学ぶ、青村理三郎と玉川哲之助である。

中西道場の門人達、そして安川市之助がそうと睨《にら》んだ、酒井右京亮の回し者であった。

やはりこの二人は、兄弟子である自分達を喧嘩剣法で叩き伏せ、罵った、中西道場の四人への遺恨を持ち続けていた。

右京亮はその経緯を知り、

「奴らが小野派一刀流の剣士として、不届きな振舞いをしておらぬか時に見張り、何かあれば知らせるのじゃ」

と、二人を自分の手の者にした。

青村と玉川は、共に書院番組衆を務める家の次男坊で、どの家にもありがちな、次男ゆえに剣で身を立てんとして剣術道場に通う剣士であった。

家格は三百俵取りで、歴《れっき》とした直参旗本であるから、小身の御家人、浪人、医者、町家の子弟などは、

「名門の小野道場にいてはならぬ、半端者達ではないか」

と、見下していた。

それでも部屋住みの身となれば、なかなか世に出ることもままならない。

右京亮のような千二百石取りの旗本で、剣術界にはいたって顔が広い、小野道場の御意見番の覚えをめでたくしておくのは大事な世渡りである。

恨みを含めて、この間者のような役割を引き受けたのである。

そして、中西道場の連中が、自前の〝ながぬま〟を拵え、あろうことか長沼道場の門人と、遊びの仕合をせんとしているのを察知したのである。

探りを入れるのは容易いことであった。

そっと門人五人の行動を窺えば、無邪気に騒ぐ声は二人の耳に勝手にとび込んでくる。

「することが何もかも子供じみておるわ」

「だが、酒井先生によい土産《みやげ》ができたぞ」

青村と玉川は、大きな成果をあげたのであった。

そして、二人は件の仕合が取り止《や》めになったと聞かされ、

「さすがは酒井先生だ。すぐに手を打てるとは大したものではないか」

「これで少しはおれ達の先行きも明るうなったというものだな」

今、この茶屋で溜飲《りゆういん》を下げているというわけだ。

いつも五人で行動をしていると目につくものだ。二人が中西道場の動きを見るのは楽であったが、彼らもまた偉そうなことは言えまい。右京亮から、

「でかしたぞ、小野派一刀流が直心影流と交じわるなど言語道断の振舞い。あってはならぬことじゃ」

それを未然に防ぐ役割を担ったのであるから、その功は大きいと誉められて喜びに浮かれ周りが見えなくなっていた。

中西道場の五人にさえ気をつけていればよいものではなかった。

既に中西道場からも破門された安川市之助が、その後も五人と友情を育《はぐく》んでいて、今度は自分達二人の動向を探っていたとは夢にも思わなかったのだ。

市之助は、稲荷社の祠《ほこら》の陰から、二人が話すのを聞いていた。

彼は既に青村と玉川の会話を何度か盗み聞いて、二人が酒井右京亮の手先となり、中西道場が長沼四郎左衛門の好意で催すことになった仕合を潰したのだと確信していた。

——汚ねえ奴らだ。

右京亮も男の風上にも置けぬ。

仕合が気に入らねば、堂々と中西忠太に問い合わすか、長沼四郎左衛門にかけ合えばよいのだ。

それをしないのは、忠太の勢いに負けるのを恐れていた、又は、四郎左衛門が直心影流の総師であるゆえ気後れがするからであろう。

そして、密かに四郎左衛門の主筋に手を回し、圧力をかけるとは小心者の所業ではないか。

市之助は腹立ちを一層募らせていた。

その怒りは、未だに己が剣の道を決めきれず、五人の友情に応えられていない自分へも向けられていた。

「ははは、それにしてもたかが仕合のために、他流にまで教えを請うとはな」

「ああ、馬鹿な話だ。一刀流は将軍家の御流儀なんだ。正しく恥さらしだ……」

二人の嘲《あざ》けりが聞こえた時、市之助は袋に納めてあった木太刀を取り出した。

――野郎、足腰立たねえようにしてやる。

祠の陰から一歩踏み出そうとした時。

「相変わらずだな……」

と、聞き覚えのある声が背後からした。

「先生……」

振り返ると、中西忠太が頰笑《ほほえ》んでいた。

青村理三郎と玉川哲之助は、自分達が命拾いしたとは気付かず、茶代を置くと茶屋を立ち去った。

「あんな奴らは放っておけ」

今にも追いかけんばかりの市之助を、忠太は窘めた。

「どうしてここに……」

「あの、青村と玉川にさえ、内緒の話を聞かれた五人だぞ。おれの耳にも、放っておいてもあれこれ入ってくる……」

忠蔵達五人が、市之助と未だに交誼を結び、今度の仕合の一件について、市之助には知らせておくべきだと話し合っていたのも、忠太の耳には届いていたと言う。

「聞き耳を立てたわけではないぞ」

「それはわかっていますよ」

「忠蔵も、しっかりしているようで読みが浅い。そんな話を聞けば、安川市之助は友達のために、そっと仕返しに行くのに決まっているだろうに」

「それで、おれを見張っていたのですか」

「青村と玉川を見守ってやったのだよ。おれとしては、おぬしが叩きのめしてくれるのを眺めている方が気も晴れるのだが、我が門人達のために、そこまでしてもらう謂《いわ》れもないし、おぬしに迷惑がかかってもいかぬ。まあそういうことだ」

「先生も相変わらず、お節介だ……」

「そうかもしれぬ。おぬしは、自分のうさ晴らしのためにあの二人を叩き伏せてやりたいのだろうが、考えてもみろ。奴らがどんな告げ口をしたとて、仕合に横槍を入れたのは、もっと上にいる者の仕業だ。上を恐れて、下を痛めつけたとあっては、おぬしにも、おれの道場の名にも傷がつくだろう」

「つまり、余計なことをするなってことか」

「まあ、そういうことだ」

「何だと……」

「文句があるなら、喧嘩で決着をつけようか」

「わかりましたよ。先生には敵《かな》わねえ……」

「わかればいいんだ」

「そんなら、このまま先生は、上にいる者にされるがままにしているんですかい？」

「いや、見事に鼻を明かして、奴らの無能ぶりを笑ってやる。仕合に勝ってな……」

「仕合に勝つ……」

市之助は何も言えなかった。

下らぬ中傷や嫌がらせなど、笑いとばしておけばよい。

真に強い剣士に、武士達は跪《ひざまず》く。

強さを求めるために、市之助は仕合を欲した。

それならばどこまでも仕合での勝利を目指すしか道はなかろう。

中西忠太は、剣術のあり方を巡って、酒井右京亮と対立したが、巧みに仕合の約定を取りつけた。

つまるところは勝者が笑うことになる。

右京亮とてそれはわかる。

しかし、彼の理念では竹刀による打ち込み稽古は子供の遊びとなる。

ゆえに、仕合に勝つための稽古は、型、組太刀を体に覚え込ませて、いざとなれば命を擲《なげう》つ覚悟を持つためのもの、となる。

とはいえ、その稽古では仕合に勝てないことも内心わかっているはずだ。

生きるか死ぬかが、本来の剣術であったとて、泰平の世では仕合の度に死者が出たのでは、剣術そのものが成り立たない。

つまり、右京亮も焦っているはずだ。

それが募って、あれこれ横槍を入れてくるのだ。

「おれは誰が何を言おうが、仕合に勝つための剣術を貫く。市之助、それはおぬしが目指したものだ。おぬしもこの後修練を積んでいつか、我が弟子達と仕合をしてやってくれ」

　忠太は熱く語りかける。

　――何だこのおやじは。戻って来い、共に修練を積んで、仕合に勝とうではないか、とは言わぬのか。まあ、そう言われたとて、この変わり者にはついていけぬが。

　市之助は、忠太が自分のために出張ってくれたのだろうと思いながらも、何だか腹が立って仕方がなかった。

　忠太が尚も何か語ろうとするのを手で制して、

「余計なことをしないうちに、おれは帰りますよ。どうぞ、仕合に勝ってください」

と、言い捨てて、さっさと歩き出した。

「市之助……！」

　忠太はそれを呼び止めた。

　その声は、忠太らしい情がこもったものであった。

「まだ何か……」

　振り返りつつ、市之助は次の言葉に期待をもった。

　しかし――、

「あれこれとうちの弟子達が世話になっているようだ。忝し！　お母上にもよろしくとお伝えしてくれ」

忠太は、にこやかに言い放つと、足早に去っていった。
――そんなことで、呼び止めるんじゃあねえや！
市之助は、結局自分がこの場に一人取り残されて、呆然《ぼうぜん》と立ち竦《すく》んだ。
――そうだった。あのくそおやじは、そういうわけのわからねえ男なんだ。
やさしいのか薄情なのか、怒っているのか笑っているのか、本気なのか冗談なのか
――。
「だが、悔しいが、恐ろしく強いことだけは確かだ……」
やがて市之助は、ぷんぷんと怒りながら、青空に包まれた春の道を歩き出した。

第三話　胎動

一

「忠さん、親父《おやじ》さんにそれとなく伝えてくれないかい……」

若杉新右衛門が、稽古《けいこ》が終った道場の片隅で、そっと告げた。

傍らにいて、拭《ふ》き掃除を始めた新田桂三郎が大きく相槌《あいづち》を打った。

「そうだな。そうしてみるよ。おれも同じ想《おも》いだから……」

中西忠蔵が、しかつめらしい顔をした。

「う〜む！　今日もよい稽古であった！」

稽古場に続く母屋の方から、師範にして忠蔵の父・中西忠太の清々《すがすが》しい声が聞こえてきた。

拵《こしら》え場から雑巾《ぞうきん》を手に出て来た、平井大蔵と今村伊兵衛も苦笑いをしている。

弟子達五人が憂えているのは、師の竹刀と道具による打ち込み稽古への熱中ぶりであった。

忠太からの指図で、靱《じん》、袍《ほう》を完成させた五人は、型、組太刀と共に打ち込み稽古によって仕合に勝てる剣術に日々励んでいるのだが、弟子以上に夢中になっているのが、師範の忠太であった。

直心影流の第八代的伝・長沼四郎左衛門から、四つ割の竹刀と、面、小手を守る道具を着用しての稽古法を学んだ忠太は、これをいかにして小野派一刀流に取り入れるか日々工夫を施していた。

小野道場の俊英と謳《うた》われた忠太も、この稽古については馴染《なじみ》がなく、まず己《おの》が体に覚えこませようと躍起になるのは仕方があるまい。

しかし、稽古をするうちに覚えるあらゆる発見が楽しくて、子供が珍しい玩具《おもちゃ》を与えられたかのように靱と袍を身に着けるや、

「よし、面の次は小手だ！　それがすんだら小手から面、面から小手への二段打ちに挑んでみようぞ！　ははは、考えただけで身が震えてくるなあ！」

と、弟子達五人が呆《あき》れるくらいに、張り切りだす。

そうして、弟子達を立たせて、

「面！　小手！　ううむ、まだまだ打ちが浅いな。もう少し受けてみてくれ！」

気が付けば、師範の方が弟子を打ち込み台にして稽古に励む有りさまなのだ。

「忠さん、これじゃあ、おれ達の稽古にならないよ」

「まったくだ。先生ばかりが強くなっても、仕合をするのは、おれ達だからな」

新右衛門と桂三郎は、それを忠蔵に訴えているのである。

忠蔵も、これには頷《うなず》くしかない。

師範の忠太には、下手なことを言うと、

「なんだと？　おれの言うことが聞けぬと申すか」

叱責《しっせき》された上に、罰として素振りを二千本させられる。

それゆえ、このところは言われるがままの五人であったが、これは確かに酷《ひど》い。

忠太には長年身につけてきた技の数々があるし、卓抜した剣の才がある。

それゆえ弟子達五人よりも早く、竹刀と道具による打ち込み稽古の妙を会得出来るので、おもしろくて仕方がないのだろうが、弟子を放《ほ》ったらかしにされても困る。

この要望を、

「怪《け》しからぬ！」

と言われるのは筋違いではないか。

「よし、これはおれの口から折を見て話しておくよ」

同じように稽古して、師の上達ぶりばかりを見せられ辟易《へきえき》していた忠蔵は、他の四人に胸を叩《たた》いた。

日々の稽古がおもしろくて、子供のようにはしゃいでいる忠太を、一膳《いちぜん》飯屋〝つたや〟での夕餉《ゆうげ》の折に、

「父上、これは〝本末転倒〟と申すものにて……」

と、その日のうちに諫《いさ》めたものだ。

「本末転倒……？　いや、師弟一丸となって、稽古に励んでいるつもりだがのう……」

忠太はきょとんとしている。

「一丸となって励んでいるつもりが、父上ばかりが上達をして、弟子達は置いてけぼりをくっておりまする」

「そうかのう……？」

「まず師範である父上が、道具稽古を我が物とし、それを我ら弟子に教える……。その理屈はよくわかりますが、父上のこのところの稽古ぶりは、子供が玩具を一人占めにして、周りを寄せつけない。そのような様子でござりまするぞ」

「なるほど……」

店の調理場の前で、聞くとはなしに父子《おやこ》の会話を聞いていた女将《おかみ》のお辰が、ぷッと吹き出した。

調理場の中でも小さな笑いが起こった。

笑いの主は、近くに住んでいる志乃《しの》という娘である。

父は浪人で、先年母親と共に亡くしていたので、お辰が頼んで手伝いに来てもらっているのだ。

武士の娘ということで、あまりお運びはさせず、もっぱら料理を任せていた。

市井で暮らしつつ、武家の料理もこなせる志乃は、お辰にとって心強い存在なのだ。

とはいえ、中西父子と老僕の松造が食事をしに来る時は、志乃も給仕に回る。

武家の客であるのもさることながら、大人と子供が時に逆転する父子の会話がおもしろいからだ。

今もお辰と二人で忠太の表情を窺《うかが》うと、息子に諌められて、困った顔を浮かべていたが、

「ふふふ、子供が玩具を一人占めにする、か。忠蔵、お前は手先も器用だが、口も達者じゃのう……」

すぐに笑い出すのが、何とも子供じみていて、おかしくて堪《たま》らなかった。

「父上、笑いごとではありませぬ。皆、困っているのですぞ」

忠蔵も馬鹿馬鹿しくなってきたが、相弟子に胸を叩いた以上は言うべきことは言わねばならない。

「相わかった。お前達の実になる稽古をいたさねばのう」

忠太は神妙に頷くと、お辰に目で合図を送った。

早く料理を出して、口うるさい息子を黙らせろと言うのである。

お辰は心得たもので、すぐに志乃を中西家の席に送り込んだ。

塩鯖《しおさば》の焼き物に、焼き豆腐を甘煮にして辛子をかけた一品――。

十六歳の瑞々《みずみず》しい志乃が、さっと給仕すると、たちまち膳が華やかになる。

忠太にはちろりの酒、忠蔵と松造には飯碗《めしわん》、忠蔵のそれには雪山のように白米が盛ってある。

忠太は、黙ってしまった忠蔵をニヤリと眺めると、

「少し飲むか？」

からかうように言った。

「いえ、飯をいただきます……」

忠蔵の腹が鳴った。

「どうぞ……」

志乃がさっと茶を淹《い》れると、

「すまぬ……」

しばし忠蔵は、腹の中に飯を放《ほう》り込み、忠太はまた大人の顔に戻ったのである。

二

翌日から忠太は、弟子達に韜、袍の稽古を譲り、出来る限りは韜を着けずに、弟子同士を打ち合わせて、ひとつひとつの技を見守った。

やっと自分達に順番が廻《まわ》ってきたかとばかりに、門人達五人は忠太の指南の下で、竹刀を揮《ふる》い代わる代わる打ち込んだ。

闘志溢《あふ》れる五人であるから、疲れ知らずで励んだが、

「よし、ならば思うがままに打ち合うてみよ」

忠太の号令によって、待ってましたとばかりに仕合形式で立合うと、その闘志が仇《あだ》になる。

特に、新田桂三郎・若杉新右衛門組は、二人とも負けず嫌いである上に、

——こ奴《やつ》よりは、おれの方が強い。

竹刀を構えて向かい合うと、互いが抱く理由のない優越感が、むくむくと湧《わ》いてくるらしい。

「新右衛門、今の打ちはまったくもらってはおらぬぞ」

「桂三郎、負けを認めろ。よい音が響いたではないか」

「よい音？　あれはかすった音だ！」

「この強突く張りめ！　そんなら決着をつけてやろうではないか！」

とどのつまり、初めて〝いせや〟で稽古した時と同じように、二人はむきになって打ち合うことになる。

だが、型や組太刀と違って、相手がどう打ってくるかわからぬ立合《たちあい》は、精神が伴わないと、ただただ体力を消耗する。

「どうだ！」

「まだまだ！」

掛け声だけは威勢がよいが、互いにふらふらとなって、見苦しい鍔《つば》競《ぜ》り合いが続くのであった。

「たわけ者が！　力まかせにかかっても仕合には勝てぬぞ！　日頃《ひごろ》の稽古を生かすのじゃ。もう少し頭を使え！」

忠太は、そもそも彼らの闘志、負けん気を買って弟子にしたのだが、いつまでも立合や仕合を喧嘩《けんか》と混同してしまっているのに頭を抱えた。

仕方なく、弟子同士の立合をやめさせて、忠太が一人一人を相手に稽古をつけることにしたのだが、そうなると実力の差が歴然としていて、仕合の感性に乏しくなる。

五人の中では、誰《だれ》よりも道具を使いこなし、恰好《かっこう》が付いている忠蔵に、立合の相手を務めさせ、少しずつ、竹刀と道具による稽古が形になり始めたのが二月の中頃のこと。

――まず、長沼道場との仕合が取り止《や》めになったとはいえ、今のところは鞘、袍の稽古が珍しいゆえに、腐らずに励んでいる。それが何よりと思うしかない。小野道場との仕合まで、短かいようでもまだ十月ほどある。酒井右京亮が集める門人達とて大したこともあるまい。

悟りとも、諦《あきら》めとも、気休めともいうべき境地となって、暗中模索のうちに稽古を進める忠太であったが、そんなある日、中西家が仕える奥平家家中の士、津田助五郎が下谷練塀小路の道場にやって来た。

助五郎が、奥平一族の剣豪・奥山休賀斎所縁《ゆかり》の新當流、奥山流の遣い手であることは前に述べた。

奥山休賀斎は、直心影流を鹿島神流という括《くく》りで捉《とら》えた場合、三代目道統者とされている。八代目道統者が長沼四郎左衛門であるから、助五郎が長沼道場と関《かか》わりが深いのも頷ける。

剣術には深い造詣《ぞうけい》がありつつ、他流についてはあまり深く由緒を知ろうとしなかった中西忠太であったが、これを機にあれこれと探究すると、

「助殿、貴殿はなかなかに奥が深い流儀を極めんとなされているのでござるな……」

と、津田助五郎を見直していただけに、彼のおとないを喜んだ。

助五郎は所用があるらしく、

「ゆるりとはしておられぬのだが、長沼先生が中西殿にお会いしたいとのことじゃ」

と、手短かに用件を伝えた。

「先生が某《それがし》に……」

「明後日の夕刻はいかがかな」

「某ならばいつでも構いませぬが」

「ならば話は早い。夕刻七つに、前と同じ天徳寺門前の料理屋へ来てもらいたいとのことでござる」

「承った。わざわざのお運び、痛み入り申す。して、先生は何と……」

「いや、それはわかりませぬが、先だっての埋め合せがどうとか……」

「左様でござるか」

「とにかく、お伝えいたしましたぞ」

助五郎は、随分と先を急いでいたのか、言伝《ことづて》をすると、そそくさと道場を辞去した。

――ありがたい男だ。

流儀が違う上に、日頃は己が道場に籠《こも》り、気儘《きまま》に修行が許されている忠太であるからさほど助五郎とは縁がないのだが、そこは互いに奥平家の家中である。

今度の長沼道場との折衝にも、労を惜しまず動いてくれた助五郎には、感謝いたさねばなるまい。

「埋め合せか……」

仕合が流れた埋め合せのために、また一献差し上げんというのであろうか。

それならばそれで、ちょうどよかった。

竹刀、道具による稽古について、あれこれ訊《き》きたいと思っていたところであった。

思えば、今の状態で仕合などしていたら、話にならなかったであろう。

忠太は、言われた通りにその明後日の夕刻七つに芝天徳寺門前の料理屋〝たむら〟に出向いた。

「長沼先生なら、もうお見えになっておいでてございます」

案内してくれたのは、先日と同じ三十過ぎの女中であった。

「また世話になる……」

忠太は素早く心付を女中の手に握らせると、

「お待たせいたしました」

恭しく座敷へ入ったのだが、

「これは御無礼いたした……」

部屋にいたのは長沼四郎左衛門ではなく、五十絡みの威風堂々たる武士であった。

「これ、お女中……」

部屋を間違えたかと思い、忠太は件《くだん》の女中を呼び止めんとしたが、

「中西先生、お待ち申しておりましたぞ」

座敷の武士は、にこやかに忠太に声をかけた。

「はて……」

そういえば、どこかで見かけたような気がする。

「長沼正兵衛《しょうべえ》でござる」

と、武士は名乗って頭を下げた。

「おお、これはまた重ねて御無礼仕《つかまつ》りました」

忠太は頭を掻《か》いて、

「中西忠太でござりまする」

慌てて頭を下げた。

三

——津田助五郎も、存外に言葉足らずの男じゃ。

今日、この店に忠太を呼んだのは、同じ長沼でも、長沼正兵衛であったのだ。

長沼正兵衛綱郷《つなさと》。齢《よわい》五十。元の姓は斎藤《さいとう》。

長沼四郎左衛門の代稽古を務めてきた、高弟として名高い。

長沼道場は江戸見坂にあって、上州沼田三万五千石の大名・土岐家の屋敷に隣接している。

土岐家の先代主・丹後守《たんごのかみ》は武芸好きで、長沼四郎左衛門の剣名を耳にすると、すぐ傍《そば》に道場があることも気に入り、

「当家の剣術指南として召抱えたい」

と、申し入れた。

しかし、四郎左衛門は前述の通り、摂津《せっつ》高槻の大名・永井家の指南役でもあり、老齢を理由に、

「わたくしよりも、斎藤正兵衛をお召抱えになってはいかがでござりましょう」

と、土岐家の使者に応《こた》えた。

「ならばこの目で確かめん」

丹後守は正兵衛を屋敷に召し、自らが木太刀を手に立合ってみたが、正兵衛の竹刀にあっさりと胴を打たれ、

「う〜む、見事じゃ」

と、称賛して直ちに百石で召抱えたという。

この時、四郎左衛門は正兵衛を養子分として長沼の姓を名乗らせた。

以後、長沼正兵衛は芝愛宕下田村小路《たむらこうじ》にある己が道場で直心影流の研鑽《けんさん》に努め、第九代的伝を継ぐ身となったのである。

忠太は奥平家の武芸場で、四郎左衛門の供をしていた正兵衛と、二度ばかり顔を合わせていたはずであったが、まさかこの座敷で自分を待っているとは思いもかけず、

「愛宕下の長沼先生とはすぐに気付かず、面目次第もござりませぬ。津田助五郎が急いでいたとはいえ、じっくりと話を聞くべきでござりました。弟子を持つ身ながら、

未《いま》だに気が先走り、倅《せがれ》にまで呆れられておりまする」

汗をかきながら、挨拶《あいさつ》もほどほどに詫《わ》びたものである。

正兵衛は、親しく言葉を交わしたことのない忠太との対面に、彼は彼でいささか緊張を覚えていただけに、

「いやいや、中西先生のお人柄に触れて、まずは安堵《あんど》いたしましてござる」

正兵衛はからからと、楽しそうに笑った。

「中西先生はおやめくださりませ。四十はとうに過ぎましたが、先生からみれば、まだ剣を遣う者としては洟《はな》たれ小僧にござりまする」

忠太が恐縮すると、

「ならば中西殿と呼ばせていただきましょう。が、中西殿におかれても、長沼先生というのはおやめくだされ」

「なりませぬか?」

「長沼先生は、長沼四郎左衛門先生一人でようござりましょう」

「なるほど……。では、何とお呼びいたしましょう」

「某には、恥ずかしながら、〃かつねんさい〃という号がござれば、そのように……」

「かつねんさい殿……。申し訳ござりませぬが、これに筆にて、願えませぬか」

忠太が、矢立の筆と料紙を差し出すと、

「何やら照れくそうござるが……」

正兵衛は、頰笑《ほほえ》みながら、〝活然斎〟と大書した。

「これはまた味わいのある号でござりまするな。筆の手を見れば、その御人《おひと》の剣が見えてくると、小野先生が仰せになりましたが、わかるような気がいたしまする」

「小野次郎右衛門忠一先生でござるな」

さすがに長沼正兵衛である。中西忠太の師が、小野家の三代前の当主・忠一であることがすっと口に出る。

忠太は嬉《うれ》しくなって、

「いかにも、左様にて……」

「某の剣が見えましたかな」

「はい」

「はて、御覧いただいたことがありましたか……」

「一度だけ、奥平家武芸場にて型をなされておいでであったのを」

「左様でござったか。して、某の剣が筆に出ておりましたか」

「字に温かみと、おもしろみが見えてござりまする。剣においては、技が読めぬ、変幻自在の妙……」

「ははは、お買いかぶりを」

「いえ、きっとそうかと。一度、活然斎殿が〝ながぬま〟を着けて立合うておいでのところをこの目で見たいと思うておりましたが、見れば己が剣に悩むのは必定。それゆえ、目を塞《ふさ》いでおりましたが、型を一目見ればわかりまする」

「はて、倅にまで呆れられていると申される御方が、恐るべき御見識。これは油断なりませぬな」

「畏《おそ》れ入りまする」

二人の剣客は笑い合った。

無駄話をするうちに、話の趣旨も見えてこようという長沼四郎左衛門の高弟である。

彼もまた、まず話すうちに相手の人となりを知り、それから本題に入るのをよしとするのが信条なのであろうか。

二人は会うや否や、たちまち流派の垣根を越えて、一人の剣客として心が通じ合った。

二人に共通するものは、互いに偉大な師を持ち、自分もまた剣術師範として世に出られた境遇。

そして、剣を通じての人に対する情の厚さであろう。

後年、四郎左衛門亡き後、小野家と同じような世継ぎの早逝の連鎖に見舞われた長沼本家を、弟子ぐるみ面倒を見て、これを支えたのが長沼正兵衛であった。

忠太の場合は、小野道場から離れつつあるが、それも師・忠一の教えを守ってのことで、小野道場からはみ出した者達を、何とか自分の力で育ててみたいという想いには、相通ずるものがある。

「さて、本日ここへお呼び立てしたのは他でもござりませぬ」

やっと正兵衛が本題を持ち出した時、

「左様でござりました。余計な話ばかりを持ち出して、申し訳ござりませぬ。やはり先走りですねえ……。ははは」

忠太から、こんなくだけた言葉が出るほどに、二人は打ち解けあっていた。

「某、先生から中西殿へ、埋め合せをするようにと申し付けられましてな」

「なるほど、先生はお忙しいゆえ、この店でわたしをもてなしてやれと活然斎殿に……。いや、そのようなお気遣いは無用でござりましたものを。真《まこと》に面倒をかけてしまいました……」

「いやいや、酒と料理でもてなそうというのならば、もう少し色気のあるところにお誘いいたす」

正兵衛は頭を振って、

「この店へお呼び立ていたしたのは、先だって先生が人目を避けて中西殿とお会いしたのと同じで、内密にお伝えしたき儀がござってのこと」

と、低い声で言った。

「それが、埋め合せについての……」

忠太も分別くさい声で応えた。

「いかにも。先日、先生がお決めになられた、藤川弥司郎右衛門との仕合でござるが、あれこれ義理が絡んで、江戸見坂の道場ではできぬようになったので、某の道場にてとり行うようにとの仰せでござってな」

「何と……。活然斎殿の道場で……」

そうであったかと、忠太はたちまち大きく目を見開いた。

「左様。江戸見坂が駄目ならば、愛宕下にて、というわけでござる」

「これは……、真に忝《かたじけの》うござりまする……」

忠太は声を震わせた。

「さりながら、それは許されることでござりまするか？」

「小野派一刀流に、あれこれうるさいことを言う御仁がいて、先生の主筋《しゅうすじ》である永井様にかけ合い、横槍《よこやり》を入れてきた由。先生は随分と御立腹であられたものの、御主《おしゅう》への義理は果さねばならず、江戸見坂に中西殿を迎え入れる儀は見送られましたが、永井様は某の主筋ではござりませぬ」

「しかし、その口うるさいことを言う御仁は、活然斎殿の主筋に新たに伝手《つて》を頼り、さらなる横槍を入れてくるのではござりませぬか」

「その儀ならば、既に土岐伊予守《いよのかみ》様に申し出て、御了承を得ておりまする」

酒井右京亮は、土岐家との繋《つな》がりはなかった。

たとえ右京亮が誰かに頼って、現当主・伊予守に談じ込んだとしても、土岐侯は意にも介さず、

「長沼正兵衛の道場のことは、何ごとも正兵衛が決めるべきであり、正兵衛を剣の師とするこの伊予守が、何の指図をすべきものか」

と、はねつけるであろうと、正兵衛は言う。

土岐侯にしてみれば、将軍家の流儀である小野派一刀流の高弟であり、世間に名高き中西忠太が、直心影流に教えを乞《こ》うてまで、新たな一刀流を求めんとする姿が、

「見上げたものよ」

と、映ったようだ。

話に聞けば、長沼四郎左衛門に横槍を入れ、仕合を取り止めにさせた者があるという。

「そのような卑怯《ひきょう》な者の言に、余は何があっても惑わされぬぞ」

と、男気が湧き上がったのだ。

正兵衛を召抱えた、丹後守頼稔《よりとし》は伊予守の父で、将軍家の信厚く老中まで務めた大名であった。

伊予守もまた、奏者番就任が決まっている実力者である。

酒井某《なにがし》が何か喚《わめ》くならば、

「踏み潰《つぶ》してくれん」

と、名族土岐家の威信をもって、長沼四郎左衛門、長沼正兵衛師弟の後押しをすると息まいているという。

「藤川弥司郎右衛門は、土岐家の家中の者でござるゆえ、尚《なお》さらでござるよ。だが、弥司郎右衛門はなかなかに遣いますゆえ、御覚悟を召されよ」

正兵衛は、忠太の喜びようを見て嬉しくなり、そのように付け加えた。

藤川弥司郎右衛門は、長沼四郎左衛門に入門したのだが、四郎左衛門は永井家の出稽古に忙しく、主家・土岐家の剣術指南を正兵衛が務めたことから、剣術はほとんど正兵衛に学んだと言ってよい。

　正兵衛にとっても、中西道場との仕合は楽しみであったのだ。

「さて、かくお伝えした上は、某はこれにて御無礼をいたす」

　そして彼は、一刻《いっとき》（約二時間）も経《た》たぬうち忠太に暇《いとま》を乞うた。

「もうお行きになられまするか……」

　話したいことはまだ山ほどあった。忠太は、残念そうに正兵衛を見た。

「名残は惜しゅうござるが、後がつかえておりましてな」

「はて……？」

「某と入れ替わりに、先生がこれへお越しになるのですよ」

「長沼先生が？」

「いかにも。先生は大層中西殿の贔屓《ひいき》でござってな。貴殿が喜ばれる顔を見たいのでござろう」

　とはいうものの、直心影流に名高き二人の師範が、共に料理屋に出向き誰かと会っているとなれば、時期が時期だけに目立つかもしれない。

　それゆえ、時を置いてこの店で忠太と会うことになったと言う。

「中西殿におかれては、ちと退屈かもしれませぬが、このまま一杯やりながら、先生を待ってさしあげてくだされい」

正兵衛はニヤリと笑うと、

「仕合の段取りについては、また改めて御相談いたしましょう。これにて御免!」

晴れ晴れとした表情で、座敷を出た。

四

それから小半刻(約三十分)ばかり、案内をしてくれた女中の酌で一杯やっていると、

「これはお待たせいたしましたな」

慌しく長沼四郎左衛門が座敷へと入って来た。

「正兵衛から話は聞いてくだされたか?」

四郎左衛門はしてやったりという面持ちである。

女中が新しい膳と酒の用意を調え、やがて下がると、

「先生、こ度のことについては、何とお礼を申し上げればよいか……」

忠太は平伏して声を詰らせた。

四郎左衛門は苦笑いを浮かべて、

「そのように改まった物言いをされると調子が狂うてしまいまするぞ」

「いや、しかし……」

「埋め合せでござるよ。埋め合せをすると誓うたはず」

「とは申せ、活然斎殿にまで御迷惑をかけてしまうとは」

「ほう、〝活然斎殿〟とは、随分と交誼《こうぎ》を深められたようじゃな」

「交誼などとは畏れ多いことでござりまする。長沼先生は長沼四郎左衛門先生一人でよいとの仰せで、活然斎殿と……」

「なるほど、あの者の言いそうなことじゃが、中西殿、仕合の件については、これでようござるな」

「はい。夢を見ているかのようにござりまする……」

「夢のようだとは、大袈裟《おおげさ》でござろう。この四郎左衛門も伊達《だて》に歳《とし》をとってはおりませぬよ、これくらいの埋め合せなど、いかほどのものでもござらぬ」

「先生を見くびっていたわけではござりませぬが、まさかこれほどまでに動いてくださるとは思いもよりませせなんだ。江戸見坂が駄目なら愛宕下で……。それで永井様への申し開きは立ちましょうか」

「立つも立たぬもござらぬ。某は大殿からの頼み通り、我が道場はいつでも永井様のために空けてござる。何者が大殿に談じ込んだのかは知りませぬが、その奴の鼻を明かしてやったかと思うと、嬉しゅうてなりませぬわ」

「忝うござりまする」

「中西殿、そう畏まることもござらぬ。〝ながぬま〟を着けての打ち込み稽古は、流儀や因襲にこだわらず、誰もがわかり易く剣を学べる道筋をつけるためのもの。それに一刀流の中西殿が乗ってくだされたのは、某にも、正兵衛にも、藤川弥司郎右衛門にとっても喜ぶべきことでござる。周りのうるさい大人達から叩かれるのを承知で、某をお訪ねくだされた中西殿の御意思。同じ剣に生きる者として、見過ごしにはできぬ。いや、我らはこれで大いに楽しんでおりますのじゃ」

「そのお言葉、ゆめゆめ疎《おろそ》かにはいたしませぬ」

「共に励みましょうぞ」

「はい」

「時に、道具の方は上手《うま》くできましたかな」

「これがなかなかのできでござりまして、恐れながら先生の〝ながぬま〟にも取り入れていただければと願うておりまする」

「それは楽しみじゃ。ならば仕合の折に拝見仕ろう」

忠太は、藤川弥司郎右衛門との仕合は、もう消えてしまったものだと諦めていた、自分の早とちりを恥じた。

口さがない者達は、中西忠太は小野派一刀流の中で孤立して、直心影流に救いを求めたかと言い立てるであろう。

だが、諸流を学び大成する剣客は多い。

将軍家の師範として、柳生新陰流《やぎゅうしんかげ》と共に他の流派と一線を画す小野派一刀流も、その権威にあぐらをかけば、いつしか役に立たぬ剣術に成り下がろう。

亡師・小野次郎右衛門忠一は、それを案じて、弟子の自分に独自の一刀流を切り拓《ひら》くようにと言い遺したのだと忠太は思っている。

他流に対して助言をくれる長沼師弟は、何とありがたい剣術師範であろうか。

忠太は、〝埋め合せ〟の成果に満足する四郎左衛門と、それからしばし酒を酌み交わしての無駄口を叩き合った。

取るに足りぬ戯言《ざれごと》のひとつひとつまで、しっかりと噛《か》み締めて、やがて忠太は四郎左衛門と別れて、練塀小路へと帰った。

しかし、道場の近くまで来て、忠太はふと立ち止まった。

今日は帰りが遅くなるかもしれぬゆえ、日が暮れたら、稽古を終えて門人達は家へ帰すよう忠蔵に言い置いて道場を出ていた。

既に町は夜の色に染められている。

忠蔵にも黙ったまま、明日の朝に門人達が揃《そろ》ったところで、長沼道場の厚意を伝えるのは何ともまどろこしい。

この興奮を一晩寝かすことなど、忠太には到底出来なかった。

「よし！」

彼はほろ酔いで走り出した。

まず目指すは、近くの御徒町にある新田桂三郎が住まう屋敷であった。

「夜分恐れ入りまする。小野派一刀流中西道場師範・中西忠太にござるが、桂三郎殿に伝えたき儀がありこれへ参った。いや、先を急ぐゆえ、これへ連れて来ていただきたい。伝えた後すぐに失礼をいたす」

出て来た新田家の中間《ちゆうげん》は、突然のおとないに戸惑ったが、忠太の勢いに押されて、まず桂三郎にこれを伝えた。

「先生……、わざわざ屋敷まで……、いったい何ごとですか？」

慌てて門外へと出て来た桂三郎は、怪訝《けげん》な面持ちで忠太を見た。

「中西先生がお越しとな？　まず上がってもらうがよい」

桂三郎の父・九太夫が、報《しら》せを聞いて騒ぎ始めていた。

「どうせまた桂三郎が何かしでかしたのでしょう」

長兄・彦太郎は、そのように断言して、顔をしかめている。

あれこれしでかしてきた桂三郎である。当の本人が、

——おれは何かしでかしたのか？

と、当惑するのも無理はない。

「何ごと？　ははは、大ごとだ！　仕合だ、仕合だ」

忠太は、まくしたてるように長沼正兵衛の厚意と土岐侯の俠気《きようき》を桂三郎に告げた。

「それはまた……、ありがたいことでござりまする……」

桂三郎は、俄《にわか》な忠太のおとないが、未だ実感として受けいれられず、仕合が復活した喜びも夢のようで、ぽかんとしていたが、

「ああ、ありがたいことだ！　しっかりと励めよ！」

忠太に肩を叩かれ、

「とにかく仕合がまた決まったのですね。は、はい、勝ってみせます！」

我に返ったかのように、しっかりと頷いた。

「よし！　また明日から仕合を目指して稽古だ！」

忠太は、しっかりと頷き返すと、すぐに駆け去った。

「仕合か……」

その後姿を見送るうちに、桂三郎の体に沸々と力が沸いてきた。

「桂三郎……、先生はお帰りになったのか？」

一向に忠太が上がってくる気配がないので、九太夫もまた怪訝な面持ちで門へとやって来た。

「はい。方々廻らねばならぬので忙しいのでしょう」

桂三郎は嬉しそうに言うと、集まって来た父と兄達の前で爽《さわ》やかに笑った。

桂三郎の読み通り、忠太は忙しかった。

和泉橋《いずみばし》を渡り、於玉《おたま》ヶ池《いけ》を横目に、まず大伝馬町の木綿問屋〝伊勢屋〟の揚戸《あげど》を叩き、今村伊兵衛を呼び出したかと思うと、通旅籠町《とおりはたごちょう》へ。

町医師・平井光沢《こうたく》の家は、夜遅くまで医院の戸を開けている。

そこへ飛び込むと、

「これは光沢先生、遅くまで精が出ますな。時に大蔵は何をしておりまする？　手伝いをしておらぬとは不届きな……」

と言って、光沢と患者達を驚かせた。

そうして大蔵にことの次第を伝えると、高砂町へ。

ここには若杉新右衛門が一人で住む仕舞屋《しもたや》がある。

「新右衛門はおるか！」

がらりと戸を開けると、新右衛門は稽古の疲れが出たのか寝そべっていた。

「おお、いたか！　一人暮らしをよいことに、どこかへほっつき歩いているかと思うたぞ！」

「せ、先生……。何用です……？」

「仕合だ！　仕合だ！」


方々駆け廻って、仕合の復活を告げた忠太は、疲れも知らず道場へ戻り、最後に忠蔵に次第を報せると、ばったり倒れてそのまま眠りについた。


翌朝。

起床すると、不覚にも既に門人達が稽古場の掃除をしていた。

何ごともなかったように、稽古着に着替えて見所《けんじょ》に出ると、五人は平静を装っているが、明らかに心と体が躍っている。

「立ったままでよいゆえ、皆、そこへ並ぶがよい」

　忠太は静かに言った。

　弟子達は、何かまた小言を食らうのかと緊張したが、昨夜の忠太のはしゃぎようが、まだ目の前をちらついているので、そういう話でもあるまいと前を見た。

「未だにおれは浮かれておる。何と言っても、横槍をはねのけたのだから、これほど心地よいものはない。だが、これからまたおれは鬼になる。今のままでは藤川弥司郎右衛門には、軽くあしらわれるであろう。それでは、せっかく仕合を取り付けてくだされた先生方に申し訳が立たぬゆえにな。仕合は近々とり行う。今さらあがいても仕方がないが、今一度、気合を入れ直すのだ。よいな！」

　忠太は大声で叱咤《しった》した。

「はいッ！」

　門人達五人に気合が注入された。

「それとひとつ言っておく。こそこそと仕合の話はせずともよい。いずれわかることなのだ。長沼先生は、そんなことくらいでは、びくともされぬ。仕合の話をする時は、大きな声で堂々とするがよいぞ！」

「はいッ！」

中西道場に、おびただしい剣気が充《み》ちた。

五

「母上、玉池稲荷の水茶屋は、真にありがたい処遇で迎えてくれています」

安川市之助は、母・美津との夕餉の席で、ゆったりとした口調で言った。

「そのようですね。いつでも好きな時に来て、お茶を飲んでいれば、その長さに応じて用心棒代をくれるのですね」

美津が静かに応えた。

「もう今は、あれこれと場を広げずに、玉池稲荷だけにすればよいでしょう」

彼女はそもそも市之助の稼ぎなどあてにしていない。

しかしそれでは、市之助も腰を据えて剣術修行の新たな道筋を求めるに、肩身が狭かろうと、稼ぎについては息子に任せていたのである。

「はい。そのようにするつもりです」

「では、いよいよまた剣術を？」

「直心影流・長沼道場に入門したいと……」

「直心影流・長沼道場……？」

「〝ながぬま〟という道具を身に着けての打ち込み稽古が評判を呼んでいるとか。近々、ここの門人と、中西道場の面々が仕合をするそうです」

市之助はこの日、玉池稲荷の水茶屋で、昼の間床几《しょうぎ》に腰をかけ睨《にら》みを利かせていたのだが、そこへ中西忠蔵が現れて、仕合の復活をそっと告げてくれた。

話を聞けば、長沼師弟は真に頼りになり、武士の情けに厚い先生のようだ。

中西道場との仕合が再び決まったのであるから、この後も交誼は続くのであろう。

市之助はその場で忠蔵に、長沼道場を訪ねてみると約したのであった。

美津は、市之助の決意に、整った顔を綻《ほころ》ばせたが、

「中西道場と仕合……。これからは、敵と味方に分かれるのですね」

少し寂しそうに言った。

「敵と味方ではありません。共に仕合を通じて、剣を極めるのです」

「流派は違えど……」

「はい。いけませぬか?」

「いえ。あなたの思うようにすればよいのです……」

「何か御不審が? 束脩《そくしゅう》や謝礼なら、わたしがどうにでもいたしますゆえ、大事ござりませせぬ」

「そんなことは気にしておりません。あなたの心に迷いがなければ、それでよいと申しているのです」

「迷いはござりませぬ」

「そうですか」

「今まで、あれこれと迷惑をかけてきましたが、今度こそは……」

「気負うことなく、お励みなさりませ」

「忝うござりまする」

市之助は、深々と頭を下げ、いつもより話す言葉も少なく、母子《おやこ》二人の夕餉を終えた。

美津が方便《たつき》を支えてからは、安川家で母子がいつも一緒に食事をとることも出来なくなっていた。

夕餉は二人でとる機会が一番多かったゆえに、美津はどんなに台所事情が厳しくとも、焼き魚、煮物、香の物、汁というように、きっちりと膳を調えてくれた。

幼い時は、それが嬉しくて、楽しみであった夕餉の一時も、元服をすませてからは、膳を眺めると物哀《ものがな》しくなった。

母の細腕ひとつの頑張りが集約された膳を前にすると、えも言われぬ焦りを覚えるのである。

美津はそういう息子の異変に気付いていたが、それは母と子の深い絆《きずな》を表していて、市之助の心の奥底に充ちているやさしさを確かめられて幸せでもある。

心が揺れ動く若き日の想いを大事にしてやろうと、美津はいつもと同じように食膳を調え、己が暮らしの充実ぶりを息子に伝え、日々過ごしてきた。

とはいえ、母に気遣うあまり、己が剣の道に迷う市之助の姿をじっと見守るのは辛《つら》かった。

それがやっと、道場を出て別れてしまったかつての相弟子達との交流を得て、長沼道場という、はっきりとした名が挙がったのである。

美津は、

「何はさておき、ようござりました」

ひとまずは喜んで夕餉を終えたものの、どうも釈然としない、心にかかる靄《もや》を感じていた。

その靄が、市之助から漂っているのは言うまでもなかった。

友である中西忠蔵の勧めもあり、いよいよ長沼四郎左衛門への入門を心に決めた市之助であるが、やはりかつての仲間達と違うところで剣を学ぶにあたっては、寂しさと不安が入り交じる。

その弱気が、不安を及ぼすのだと美津にもわかっている。

——まず長沼先生を訪ねて稽古に明け暮れたら、市之助の寂しさも不安も消えてなくなる。

美津はそう願うばかりであった。

翌朝。

市之助は意を決して、江戸見坂の道場に長沼四郎左衛門を訪ねた。

あまり逡巡《しゅんじゅん》していては、忠蔵に申し訳が立たなかった。

喧嘩度胸の据《す》わった安川市之助とはいえ、猛者が集う剣術道場に、大師範を訪ねるのは勇気がいった。

しかし、応対してくれた門人に由を告げると、長沼四郎左衛門はすぐに出て来て、実に気さくに市之助と向かい合ってくれた。

「おお、参ったか。うむ、よい面構えじゃ」

「や、安川市之助にござりまする……」

市之助は、しどろもどろになった。

忠蔵からは、四郎左衛門には下話をしてあると聞いていたが、これほどまでに親しげに接してくれるとは思ってもみなかったのだ。

「入門を乞いに参ったのじゃのう」

市之助の緊張を解きほぐすように、四郎左衛門は話を進めてやる。

「はい！　先生の稽古は、仕合に強くなりたい者には真にありがたいものだと、お聞きいたしております る」


市之助は、ここぞと言葉に力を込めた。

しかし四郎左衛門は飄々《ひょうひょう》として、

「稽古をしたいと申すなら、ここでも、愛宕下でも、いつからでも来ればよろしい」

「忝うござりまする」

「それゆえ焦ることもない。まず、稽古を見よ」

そう言うと、四郎左衛門は稽古場の出入り口へ、市之助を連れて行った。

そこでは、〝ながぬま〟を身に着けた剣士達が、ぶつかり合うように竹刀で相手の面、小手を打っていた。

竹刀の音、床を踏み鳴らす響き、勇壮な掛け声——。

その迫力に市之助はしばし見惚《みと》れた。

四郎左衛門は、市之助に気に入ったかどうかは問わず、

「道具を身に着け、竹刀で打ち合う。これを〝遊び〟じゃと笑う者がいる。じゃがひとつだけわかっておるのは、組太刀と型だけでは人は斬《き》れぬということじゃ」

呟《つぶや》くように語った。

「わたくしも、そのように思いまする」

市之助は臆《おく》せず応えたが、

「中西忠太殿が、同じ考えを示してくれたばかりか、自前の道具まで拵え、一刀流にもこの稽古を取り入れんとしてくだされた。いずれ、中西殿の道場でも、おびただしい門人による、このような稽古が見られることであろう」

四郎左衛門はそう言うと、

「おもしろいとは思わぬか。そのうちに剣術は、女子供の習いごとではない、真の武士の稽古ごとに変わっていくであろう。それを担うのが、おぬし達なのじゃのう」

しみじみとした口調となって、稽古場を見廻した。

そして、話をどう続ければよいのか戸惑う市之助に、

「近々、中西殿の門人が、藤川弥司郎右衛門と立合うことになったのは聞いておろう。稽古を始めるのはそれを見てからにいたせばよい。まず愛宕下田村小路の道場を訪ねよ。いずれの道場で励むかは、その後、おぬしの心のままに決めよ。よいな」

四郎左衛門は、そう話を締め括ったのである。

六

酒井右京亮は、この数日憮然《ぶぜん》たる表情を崩さなかった。

無役ながら千二百石取りの旗本。

将軍家指南役、小野次郎右衛門家の御意見番として、広く剣術界に顔を売ってきた。

先だっても、摂州高槻の大名、永井家の隠居と会い、

「小野派一刀流の中西忠太が、長沼四郎左衛門殿の門人に仕合を願い出ている由。永井家の御流儀である直心影流に異を唱えるつもりはござりませぬ。さりながら、他流試合などが容易《たやす》く行われるようになれば、互いの剣術に乱れが生じましょう。長沼殿は心やさしき御仁なれば、中西の願いを無下にもできず、さぞや困っておいでと存じまする。ここは大殿の御威光をもって、江戸見坂の仕合ができぬよう、お取りはかり願えませぬでしょうか……」

と談じ込み、見事に仕合は取り止めとなった。

右京亮は、してやったりと喜んで、

「中西忠太め、仕合に勝ちたいがために、〝ながぬま〟に頼り、他流仕合までせんと

するは不届き至極。密《ひそ》かにとり行わんとしたのであろうが、この酒井右京亮の目は欺けぬぞ。身のほどを知るがよい」

大いに気勢をあげたのである。

ところが、江戸見坂の長沼道場での仕合が取り止めになった後、またすぐに、

「先生、この度は愛宕下の長沼道場で仕合が行われるとのことにござりまする」

と、注進が入った。

この報せをもたらしたのは、やはり青村理三郎と玉川哲之助の二人であった。

二人は仕合が取り止めになって以降、特に中西道場の五人の周囲を嗅《か》ぎ回ったりはしていなかったのだが、二人がよく立ち寄る松島稲荷社前の茶屋で休息していると、そこにいきなり中西道場の五人が現れて、

「おお、これは小野道場の御歴々……。その後はいかがお過ごしかな」

まず、新田桂三郎がからかうように声をかけてきた。

二人は嘲笑《あざわら》うように、

「ふん、来たるべきおぬし達との仕合に出て、散々に打ち負かせるよう、日々稽古に励んでおるわ」

「小野道場には、腕の立つ弟子がごろごろしているゆえ、選ばれるには骨が折れるのだ」

と、口々に言い返したが、

「ほう、それなら敵を知るためにも、愛宕下の長沼先生の稽古場を覗《のぞ》きに来ればどうだい？」

今度は若杉新右衛門が、妙なことを言ってきた。

「愛宕下の長沼道場だと？」

青村が怪訝な顔をすると、

「おや？　知らぬのか？」

「いつも人の話に聞き耳を立てているというのに……」

平井大蔵と今村伊兵衛が、口々に挑発するように言った。

青村と玉川は、自分達二人が酒井右京亮に告げ口をしただけに、それを五人に知られているのかと思うと、決まりが悪い。

「ふん、お前達の話に付き合うていられるほど暇ではない」

玉川が言い捨てて、そのまま二人で立ち去ろうとしたのだが、

「気が向けばお越しくだされ。近日中に我らが出向いて、仕合をいたすゆえ」

忠蔵がその事実を告げた。

彼らにしてみれば、いつか仕合のことについては、小野道場の耳にも入ろう。

それならば、間者である二人にはっきりと伝え、先日の告げ口について暗になじってやろう。

そうして、あの折の仕打ちに対して、一矢報いたかった。

やがて青村と玉川によって、愛宕下での仕合が行われることを知った右京亮に対し、

「今度ばかりは、お前ごときが陰でこそこそ動いたとて、どうにもならぬぞ」

そう言ってやりたかったのである。

彼らの想像通り、青村と玉川からこの報せを受けた酒井右京亮は狼狽《ろうばい》した。このような権威がすべての男は、往々にして打たれ弱いものだ。

――何故《なぜ》だ。何ゆえに愛宕下なのじゃ。

このまま打ち捨ててはおけぬ。江戸見坂がならぬなら愛宕下でというのは、自分に対する挑戦ではないか。

――いや、小野派一刀流への挑戦じゃ。

いかにも右京亮らしい話のすり替えであるが、大上段に構えては、

「いつから酒井右京亮は、小野派一刀流の執政になったのだ」

などと方々から睨まれる恐れもある。

「某は長年小野派一刀流を修めて参ったが、中西忠太の考え方は、真にもって流儀を

ないがしろにするもので、到底受け容《い》れられぬ。そう思っている者も数多《あまた》おりまする」

などと言い繕い、すぐに永井家の隠居に対面を求めたのだが、

「長沼四郎左衛門は、隠居の意を汲《く》んで、江戸見坂を他所《よそ》の者には使わせぬと約したのじゃ。その先の話は、長沼正兵衛を召抱える土岐殿に話すがよかろう」

と、にべもなかった。

そもそも直心影流の庇護《ひご》者である身が、小野派一刀流の一師範代から、あれこれ面倒を持ち込まれる謂《いわ》れはない。

「それを押して、四郎左衛門を呼びつけ、己が意のままにさせたというのに、まだ不足じゃと申すか」

永井直期もうんざりとしてきたのだ。

「小野派一刀流同士のいがみ合いは、流儀の内で収めるべきものじゃわい」

その意を伝えられると、右京亮もそれ以上は何も言えなかった。

となれば、愛宕下の長沼正兵衛へ圧力をかけるしかないのだが、正兵衛の主君である土岐伊予守は、老中を務めた実力者を父に持つ、一筋縄ではいかぬ大名である。

下手に探りを入れると、酒井家に災いが降りかかってこよう。

愛宕下での仕合に横槍を入れるのは、どう考えても無理であった。

「おのれ……」

右京亮は失望した。

去年の暮れに、中西忠太に対して仕合で決着をつけてやろうと言い放った上からは、負けるわけにはいかなかった。

組太刀と型を極め、時に袋竹刀で仕合をする。

それが右京亮が信じる小野派一刀流剣術であった。

荒削りで、喧嘩ばかりしていた中西道場の門人達に、自分がこれと見込んだ門人が負けるとは思っていない。

しかし、小野次郎右衛門忠一が亡くなってからというもの、時に行っていた仕合がほとんど無くなっていた。

袋竹刀とはいえ、〝ながぬま〟など着けずに立合うのである。打ちどころが悪ければ死人が出る。

その辺りを見極め、いざとなれば技が決まる直前で仕合を終らせる立会人が必要となる。

そういう審判が出来るのは、忠一ただ一人であり、彼の死後仕合は〝ひとまず取り止め〟になって、もう十四年になる。

ほとんど無くなったというのは、小野道場の指針に隠れて、闇《やみ》で仕合を行った者が何人かいたという意味である。

近頃では、稽古場での言い争いから喧嘩に発展し、安川市之助達と、青村理三郎達とが袋竹刀で打ち合った。

小野道場ではこれを私闘と斬り捨てたが、市之助達にしてみれば、非公式に行った仕合であったという理屈になる。

ともあれ、袋竹刀で勝手に打ち合えば破門になるわけで、小野道場では現在、公式に仕合は行われていない。

――仕合は真剣勝負と同じで、道具を身に着けての打ち合いとはわけが違う。型、組太刀を極め、いつでも死ねる武士の覚悟を持っている者が勝つのだ。

右京亮は頑としてその理念は崩さぬが、いざ仕合となれば、道具で体を守りつつ、互いに打ち合う、直心影流の剣士達の方が強いのではなかろうか、という不安もある。

そういう連中にあって、〝剣技抜群〟と言われているという俊英・藤川弥司郎右衛門と仕合をするのだ。

中西道場の五人は、この仕合を通じて実戦の勘を身につけ、好勝負を繰り広げて自信をつければどうなるであろう。

「ふん、小野派一刀流の面汚しめ、他流仕合を積んで我らに勝とうなど笑止千万じゃ」

右京亮は、小野派一刀流の内ではこのようにうそぶきつつ、強気と弱気が交互に頭を過《よぎ》り、とにかく落ち着かなかったのである。

七

長沼正兵衛の道場での仕合は、三月五日と決まった。

とどのつまりは、当初の江戸見坂で二月十日にという話が約一月先になったに止《とどま》ったのだ。

「道具の稽古に体が慣れてからでよろしかろう」

と、長沼正兵衛は気遣ってくれたが、もう一月稽古を積んだとて大した力もつくまい。それよりは、仕合とはどのようなものか、早く経験させた方がよいと忠太は判断したのである。

これに先だち、忠太はそっと愛宕下田村小路の長沼道場を訪ね、長沼正兵衛が藤川弥司郎右衛門に稽古をつける様子を見た。

「弥司郎右衛門は大器《たいき》晩成《ばんせい》の誉《ほま》れと申しましょうか……」

入門当初は、まるで遣えなかったのが、この二年で、見違えるように強くなったと、長沼四郎左衛門は言っていたが、

――この二年で、かくも変わるものか。

自分に対しても、弟子達に対しても励みになるほどに、弥司郎右衛門の剣技は素晴らしいものであった。

面打ちも、小手打ちも研ぎすまされている。

前へ出ながら、引きながら、弥司郎右衛門の打ちは、切れ味抜群に正兵衛の〝ながぬま〟を捉える。

正兵衛は、弥司郎右衛門の技を引き出し、時としてその攻めの甘さを指摘するためなのか、技を返して弥司郎右衛門を打ち叩いた。

「さすがは活然斎殿……」

底知れぬ強さを秘めつつ、若き生きの好《よ》い剣士との立合には、ひたすら受け手に回って相手の技を鍛えてやるのだ。

忠太は、今の自分と忠蔵では、ここまでの稽古には到底及ばぬと思い知らされていた。

しかしその反面で、靭、袍を着けての稽古は、まだ始まったばかりで、

「おれと忠蔵、おれと弟子達でも、できぬ稽古ではない」

と、やる気も起こった。

ゆえに、勝ち負けではなく、弟子達に少しでも早く、新たなやる気を起こさせることが肝心であろう——。

正兵衛と弥司郎右衛門の稽古を見てから、忠太の稽古にも新たな目標が生まれた。

仕合までには間に合わぬであろうが、負けても次に繫がる見映えのする技を、弟子達に打たせることであった。

日々の猛稽古に弟子達は慣れている。

一日中、飽くことなく納得いくまで、自分の面、小手を打つ体力は出来ている。

打てるまで稽古は終らない。

ただ体を苛《いじ》める稽古ではない。徒《いたず》らに体を動かさずひとつひとつの技に精神を集中させ、技に魂を込めるのだ。

藤川弥司郎右衛門の技はどれをとっても見事なものだが、その彼も強くなったのがここ二年くらいというから、目標をもってかかればいつ開眼するかわからぬのだ。

すると、僅《わず》か五日で五人は見違えるほど打突に切れと力が出てきた。

「大したものではないか……」

これに感嘆したのは、有田十兵衛《ありたじゅうべえ》であった。

小野道場の師範代の一人で、忠太の相弟子として未だに付合いのある剣客である。

付合いといっても、決して仲がよいわけではない。

忠太の方は、

「四角四面で面倒な男だが、近頃、小野道場の門人で練塀小路を訪ねてくれるのは、十兵衛ただ一人だ」

と、素直に喜んでいるが、有田はというと、

「好き好んで、練塀小路に足を運んでいるわけではない」

このように考えている。

既に安川市之助は中西道場の門人の列から外れているが、中西忠蔵を除く四人は、青村、玉川と乱闘を起こした折に、有田の権限で破門にしていた。

何かと面倒を起こす連中を庇《かば》い、兄弟子達から睨まれるのは御免である。あの折、破門の断を下したことは間違っていなかったと有田は今でも思っている。

だが、その出来損い共を、物好きにも中西忠太が自分の道場に連れて行き、新たに小野派一刀流中西道場を開いたので、かえって面倒が増えてしまった。

中西忠太の振舞いは、小野道場への反逆であると考える酒井右京亮などは、何かと

いうと、

「中西忠太はどうしている？　また怪しからぬことを考えているのではなかろうな」

などと、有田十兵衛に問うてくる。

立場上、右京亮が有田に質《ただ》すのは仕方がないことではあるが、己が道場もなく小野道場の師範代として暮らす有田は、忠太と違って小野道場での世渡りが求められる。

——何故おれが動かないといけないのか。

不満を抱えつつも、

「それならば、わたしが様子を見て参りましょう。いや、中西忠太は情に厚い男ではござりまするが、後先を見ずに動き出すのが困ったところでござりまするな」

などと外面よく接して、練塀小路に行かざるをえなくなるのである。

この日も、その流れで有田十兵衛は中西道場にやって来た。

彼にしてみても、破門した剣士達がいるわけであるから、正面切って稽古場に上がるのは気が引ける。

忠太を訪ねるのは夜にしたいところであるが、長沼道場との仕合を控えた門人達の様子を見てくるのが右京亮の望みとなれば、そうはいかない。

中西道場の門前に立ち、老僕の松造が自分に気付いてくれるのを待ち、忠太への取次を頼む。

能天気なところのある忠太ではあるが、さすがに有田の気持ちがわかるから、そのような折はそっと母屋の方から上げて、見所に続く一間の戸の隙間《すきま》から稽古風景を見せてくれるのだ。

「おやおや、小野道場からの間者が参ったわ……」

忠太は、有田のおとないの理由が手に取るようにわかるので、皮肉を言うのも忘れなかった。

「まずそのように申すでない。おれも間に挟まって、辛い想いをしているのだぞ」

すぐに恨み節を言えるのも、共に血と汗を流した昔があるからだ。

気性も目指す方向も違えど、最後には許し合えるのが相弟子というものであろう。

「今日はあまり見せとうはないが、どうじゃ、新たな道具を拵えての打ち込み稽古は……」

忠太はニヤリと笑って戸を少し開けたのである。

「〝ながぬま〟の真似《まね》などをしよって……」

酒井右京亮は吐き捨てるように言っていたが、有田十兵衛は一目見て身を乗り出した。

有田とて一人の剣客である。

四つ割の竹刀と身に道具を着けての打ち込み稽古の必要性は、彼なりに以前から考えてはいた。

打つ方も打たれる方も、互いに遠慮なく面を打ち合う稽古には胸を打たれた。

「どうじゃな？　大したものであろうが」

忠太は胸を張って、

「小野道場でも取り入れてみればどうかと、浜町に戻ったら勧めてみてくれぬか」

有田を見てニヤニヤと笑った。

「恐ろしいことを言わぬでくれ」

有田は面長で、ややのっぺりとした顔を引きつらせた。

「そんなことを少しでも漏らせば、雷が落ちるのは承知していよう」

「ふふふ……。だが、本当に強うなるには、このような稽古もまた大事だとは思わぬか」

「今のおれにはできぬことだが……」

「口外せぬゆえ、本心を聞かせてもらいたい」

「確かに道具を着けての稽古は大事だ。小野道場を破門になった荒くれ達が、生き生もりかな？」

きと動いている……」

「十兵衛殿にそう言ってもらえると嬉しゅうなる。して、酒井先生には何と報せるつもりかな？」

「思うた通りに言えば怒りで気を失うだろう。そこはまず当り障りなきように」

「うむ。それがよかろう」

「ひとつ頼みがござる」

「何なりと」

「愛宕下での仕合を、そっと見られるようにしてもらえぬか」

「ほう、十兵衛殿も興をそそられたのかな？」

「うむ、まあ、そんなところでござるよ」

有田はにこやかに応えたが、忠太にはわかっていた。

酒井右京亮に、仕合の様子を見てこいと言われたのに違いない。

右京亮もその辺りは妙に気が小さい。

小野派一刀流中西道場の者が仕合をするのである。

「後学のため、拝見仕りたい」

と、正面から問い合せればよいのだが、土岐伊予守に睨まれていると察しているので、自らはそのような仕合に興味がないという風情を装っている。

それでも仕合のことが気にかかる。

「とるに足らぬ仕合を、いちいち気にしていられるものか」

と、表向きは大きく構えていながらも、忠太の相弟子である有田十兵衛に〝物見〟を申し付けたのであろう。

「承知いたした。十兵衛殿がどこか片隅から仕合を見られるよう、長沼活然斎殿に断りを入れておこう」

忠太は、有田にはあまり仕合を見てもらいたくはなかったが、彼の立場を思うと気の毒になり、快く引き受けた。

「その代わりに、仕合を見た時に気付いたことを教えてくだされ」

「相わかった」

「酒井先生に報せる言葉ではない、十兵衛殿の本音をな……」

「それも、わかった……」

有田は頭を掻きつつ、しっかりと頷いたのである。

彼の目に映る中西道場の五人は、藤川弥司郎右衛門に勝てるかどうかは読めぬものの、靱と袍なる道具を巧みに使いこなし、見違えるほどに体の動きがよくなっている。

しかし、有田十兵衛が何よりも感じたのは、中西忠太という剣客の凄味《すごみ》であった。

——中西忠太は、こういう剣を求めていたのか。いや、大したもんだ。おれには思いもよらなかった。

小野派一刀流、小野次郎右衛門忠一の高弟ともなれば、それだけで剣術師範としては暮らしていける。

ましてや彼は、奥平家で百五十石を食《は》む身なのである。

余計なことをして、方々から睨まれずとも、澄まし顔で型と組太刀を指南していればよいのだ。

実践的な剣術に目を向けるのはわかる。だが四十をとうに過ぎて、未知なる道具着用による竹刀での打ち込み稽古に、弟子達と共に挑まずともよかろう。

——自分にはできない。

とはいえ、相弟子の中西忠太を誉《ほ》め称《たた》えるのも気が引ける。

この熱血師範のお蔭《かげ》で、有田十兵衛は大いに迷惑をしていたのである。

八

中西忠太の門人、中西忠蔵、新田桂三郎、若杉新右衛門、平井大蔵、今村伊兵衛と、

長沼四郎左衛門の門人、藤川弥司郎右衛門の仕合は、三月五日の八つ刻にとり行われた。

ところは芝愛宕下田村小路、長沼正兵衛の道場。

互いに道具を着用の上、竹刀での立合によって勝敗を決する。

勝負は一本。長沼正兵衛が立会人として、審判をする。

一刀流、直心影流、流派は違えど竹刀で相手の面、小手を打ち、しっかりとした打突を決めた者に一本を宣する。

その判断は、長沼正兵衛に一任する。

中西道場の五人に対して、藤川弥司郎右衛門は一人で相手を務める。

まだ二十歳《はたち》にもならぬ五人に、二十七歳になる弥司郎右衛門が相手をすれば、ちょうどよいと判断した。

同じ年代の五人を選び、中西道場の五人と相対すればよいのではないかという声も上がったが、それではいかにも他流仕合となる。

仕合とはいえ、直心影流と小野派一刀流がぶつかり合うのではなく、稽古の一環として中西道場は長沼道場に学ぶ。

ゆえにこれは親善のための、ちょっとした遊びと考えようではないか——。

「互いの励みになる和《なご》やかな仕合になればよいかと存ずる」

長沼四郎左衛門は、この日愛宕下の道場に現れて、まずそのように一同に宣した。

たちまち稽古場のうちが厳かになった。

あくまで稽古であるから、稽古場には一部の者以外は入れなかった。

いつも稽古に来る門人が、いつもより早めに稽古を切り上げ、仕合を見物する体をとっていた。

〝一部の者〟は数人いた。

直心影流の師範連中と、小野派一刀流の師範代・有田十兵衛、そして、直心影流への入門希望の安川市之助であった。

有田は見所の隅で、市之助は正兵衛の弟子達に交じり稽古場の端で見物した。

忠蔵以下、中西道場の面々は勇躍道場にやって来たのだが、稽古場に市之助の姿を見かけて、にこやかに頷き合った。

有田は忠太の紹介によって長沼正兵衛を訪ね、丁重に請じ入れられたが、終始緊張を隠せなかった。

中西道場の門人と市之助が、有田にとっては忠太以外の知り人であり、顔を合わせた時は、

「おお、励んでおるな……」

と、それぞれに一声かけたものの、その口調はぎこちないものであった。

「和やかな仕合……」

とはいえ、小野派一刀流に名高き、中西忠太とその弟子達を迎えるのである。長沼正兵衛の門人達の表情は尚も硬かった。

——これではいかぬな。

長沼四郎左衛門は、さらに見所から稽古場に降り立つと、

「今日は真に楽しき日じゃ。我らが道具を身に着けて稽古を始めて、もう随分と経つが他所の流派ではまだほとんど認められておらぬ。それが中西忠太先生が取り入れられて、道具に工夫を加え、こうして稽古に来てくだされたのは真にありがたい。まだ道具を身に着けての稽古には慣れておらぬというに、まず我らと稽古をすることで、一刀流に新たな道を拓かんとする中西道場の勇気に、この長沼四郎左衛門、大いに胸を打たれてござる」

ほのぼのとした挨拶を述べた。

その上で、

「藤川弥司郎右衛門……」

「はい……」

「そなたが道具を身に着け、今まで学んできた術をしっかりとお見せいたすのじゃ。それが何よりのおもてなしと心得よ」

「畏《かしこ》まりました。持てる力を余さず、務めさせていただきまする」

と言葉を交わした。

たちまち厳かな中に、和やかな風情が漂った。

「いざ……」

四郎左衛門は、いよいよ仕合開始の号令をかけた。

〝ながぬま〟を装着する藤川弥司郎右衛門は、師の言葉にかえって緊張を覚えたか、その顔は紅潮していた。

無理もない。絶大なる信頼と期待を受けてのこととはいえ、一人で五人を相手に直心影流の成果を見せるのであるから、彼にとっては試練の仕合であった。

それに比べると、中西道場の門人達は実に落ち着いていた。

喧嘩度胸が据っているので、初めての道場にも動ぜず、

「ああ、ここが直心影流の道場か……」

「〝ながぬま〟が、ごろごろとしているぜ」

「当り前だろ」

「あの人が藤川殿か、やはり強そうだな」

「竹刀を交じえるのが楽しみだな」

などと、まるで遊山に来たようで、屈託がない。

争いに乗り込んで来たわけではない。

自分達に危害を加えてやろうなどと思っている者など一人もいないのだから、五人にとって緊張する理由など何もないのだ。

中西忠太は目を細めた。

息子の忠蔵は別として、

――こ奴らならば、おれが目指す剣を形にしてくれるかもしれぬ。

と、彼が目を付けたのは、このような何ごとに対しても物怯《ものお》じをせぬ小癪《こしやく》さであった。

長く続いてきた泰平は、武士を理屈に走らせた。

実際に斬り合ったり殺し合ったりすることがなくなれば、腰の刀も飾りになる。

飾りには由緒が添えられると値打ちが出る。

近年の剣術は、この由緒となってしまった。

忠太はそのように思っていた。

そもそも武士は戦のために武芸を鍛えたのであるが、戦の時には身を守る鎧兜《よろいかぶと》を着けていたのだ。

身を守る道具を剣術稽古で使うのは邪道だという剣術師範は、何をもってそう言うのかわからない。

しかし、上が言うと下は聞かざるをえない。下は邪道なのだと理解するしかない。

ところが、小癪な奴らは、

「棒切れで打ち合えば、剣の理念に勝《すぐ》れていたとて、何の役にも立たぬではないか、何なら試してみるか？」

心に抱えた疑念がすっと口をつく。

理念など後から求めればよい。まずは人間の闘う気力と体力をぶつけ合うのが武術ではないか。

小癪な奴ほど、その本質を素直に求めるものだ。

忠太はその神経の図太さと、馬鹿さ加減が、新たな剣を切り拓く源になると信じていた。

その初めの一歩が、この日の仕合だと位置付けていたのだが、

——さて、いかが相成るか。

今日の仕合が、小癪な奴らを少しでも変えてくれたらよいと忠太は願っていた。

そのうちに五人は、鞦と袍を着け終えた。

胴はまだ開発中のこととて、五人は腹に布団を巻いていた。

「うむ、これが中西道場の鞦と袍でござるか、真によいできじゃ」

四郎左衛門は五人の姿を見て唸《うな》った。

「この日に備えて、一揃いを拵えて持参いたしましたゆえ、どうぞお収めくださりませ」

忠太は恭しく申し出て、

「左様か、正兵衛、ありがたいのう」

「はい、真にもって」

と、四郎左衛門と正兵衛を喜ばせると、

「活然斎殿、何卒《なにとぞ》よしなに」

と、座礼をした。

「畏まってござる」

正兵衛は稽古場の中央に立った。

藤川弥司郎右衛門と中西道場の五人も立ち上がった。
そして仕合は始まった――。

九

中西道場の先鋒《せんぽう》は、今村伊兵衛であった。

どちらかというと小柄な部類に入る伊兵衛に対して、

「動きを速くすること。打ち負けぬよう肉を付けよ」

忠太は予々《かねがね》申し渡してきた。

伊兵衛はこれに納得をして、駆け足をよくして、打ち込みを素早くするよう心がけ、大飯を食べた。

その甲斐《かい》あって、入門時から見ると体付きが随分とたくましくなり、素早い動きからの打突が重くなっていた。

道具を着けて打ち合っていると、その成果を自分でも感じられるので、伊兵衛はかなり自信を持って今日に臨んだ。

父・伊勢屋住蔵は、靫、袍作りに関わり、大きな成果をあげたことに気をよくしていて、近頃はうるさいほどに伊兵衛に剣の上達はどうだと訊《たず》ねてくる。

一喜一憂をさせてもいけないと、近々長沼道場で稽古があると言ったものの、仕合については詳しく伝えていなかった。

先鋒の彼は、まず華々しい仕合で自軍を盛り上げ、弥司郎右衛門を疲れさせるのが役目であり、勝敗は二の次で仕合に臨んでいた。

それゆえに負けたとは言いたくもなかったのである。

「始め！」

正兵衛の号令で、伊兵衛は弥司郎右衛門と遂に竹刀を交じえた。

互いに平青眼《ひらせいがん》。

まずは挨拶代わりに、連続で小手を打ち込もうと間合をはかったが、

――何だこれは。

伊兵衛は唸った。

弥司郎右衛門の構えには、結界が張られているかのような剣気が漲《みなぎ》り、容易に間合に入れないのだ。

この圧力は、中西忠太と袋竹刀を手に闘って、たちまち打ち据えられた時のものに似ていた。

忠太とは技量が違い過ぎるゆえに、上手く打たせてもらっているのが日頃の稽古で

あるのだが、

――いけねえ、藤川弥司郎右衛門は先生に、負けず劣らずだ。

こんな相手と、どうして仕合が出来るものかと、伊兵衛は冷い汗を流した。

――落ち着け。おれの役目は、そうだ相手を疲れさせるのだった。

伊兵衛は思い直して、

「それ、それ！」

と、掛け声も勇ましく、右へ左へと素早い足捌《さば》きで動き、弥司郎右衛門の竹刀を払った。

しかし弥司郎右衛門は、まったく動ずることなく、動き回る伊兵衛にぴたりと剣先をつけ一打を狙《ねら》う。

「えいッ！」

落ち着かれては疲れさせることもままならない。

伊兵衛には意を決して、小手の連続打ちを仕掛けた。

小手を打てば、相手はそれを抜くようにかわして面に乗ってくる。

それをさらに小手に斬る。

面を返さずとも相手の手許《てもと》が浮けば、そこに小手を打ち込む。

伊兵衛の得意とする技である。

得意といっても、まだ始めたばかりの打ち込み稽古で覚えたものである。今の伊兵衛には打ち易い技と言うべきか。

「えい！　やあ！」

それでもなかなかに速い出足で、しっかりとした手首の返しで、伊兵衛の竹刀は弥司郎右衛門の小手を攻めた。

これに対し、弥司郎右衛門は面に返さず、竹刀の表で受け止め、伊兵衛の二打目は後退してかわした。

――そこにもうひとつ攻めるのだ。

観戦する忠太は心の内で叫んだが、稽古でしている三段打ちが、仕合でさらりと出るまでには至っていなかった。

技が尽きて、

――よし、ここで面だ！

と、体が動くまで僅かな間が空いた。

弥司郎右衛門はそこを逃がさなかった。

つつッと退《さ》がったかと思うと、そこからすぐに前へ面に出た。

「ええいッ！」

裂帛《れっぱく》の気合と共に、弥司郎右衛門の竹刀が見事に伊兵衛の籾を捉えていた。

稽古場の内がどっと沸いた。

「勝負あり！」

正兵衛は、弥司郎右衛門の勝利を宣告した。

伊兵衛はがっくりとして、次鋒の平井大蔵に後を託した。

弥司郎右衛門を疲れさせるどころか、彼は息ひとつ乱していなかった。

――よしッ！

大蔵は、任せておけとばかりに伊兵衛を見て、仕合に挑んだ。

しかし、弥司郎右衛門の退《ひ》いたかと思いきや、いきなり前へ飛んでくる足捌きをまのあたりにすると迷いが出る。

偉丈夫で力があり、

「あれこれ技を欲張らずに、まず面を打てるようになれ」

忠太からはそのように指南を受けていたものの、相手が退いたところで戸惑えば、面を食らう。

正兵衛の号令で仕合が始まってから、弥司郎右衛門の動きばかりが気になって、なかなか打ち込めない。

弥司郎右衛門は、その気の迷いを見てとって、小手から面へと目の覚めるような二段技を打ってきた。

大蔵は何とか竹刀で受け止め、体を捌いて間合を切った。

攻めねば勝てぬ。

——かくなる上は乾坤一擲《けんこんいってき》、面を打つぞ！

ぐっと間合を詰めて、上背を利用した、のしかかるような面を決めてやると、左足に力を入れた。

「えいッ！」

ところが、前へ出る間もなく、大蔵の袍が心地よい音をたてていた。

機先を制され、弥司郎右衛門の小手を食らったのだ。

「勝負あり！」

大蔵もまた、何も出来ぬままに敗れ去った。

それからは、若杉新右衛門、新田桂三郎と続いたが、弥司郎右衛門は二人を相手に体がほぐれてきたか、さらに素晴らしい動きを見せた。

何とか一本を決めねば後がないと焦る新右衛門は、攻め手がないと悟るや、〝ながぬま〟の突き垂《だれ》めがけて、無心の突きを入れた。

——それでよい。

忠太は、新右衛門の狙いを認めたが、弥司郎右衛門は絶えず相手の剣先を押さえている。

竹刀の裏で新右衛門の一刀をすり上げると体をかわして面を打った。

これで中西道場の敗北は決まった。

いや、勝敗以前の仕合であった。

気落ちした新田桂三郎は、それでも何とか意地を見せようと、上背のある長い手から繰り出す落差のある小手を打ち込んでみたが、これもまた弥司郎右衛門の巧みなすり上げ技にかわされ、面を打たれてしまった。

さすがに最後に出た中西忠蔵は奮闘した。

彼はここまできたら、勝敗ではなく、中西道場には、これから伸びる要素があると、長沼道場の連中に見せつける立合をしようと考えた。

それには、とにかく手数を出し、仕合の勘さえ摑《つか》めば、次に立合う時は今日のようにはいかないぞと、知らしめんとしたのだ。

小野派一刀流にあって、中西忠太の跡を継ぐ俊英と言われていた忠蔵である。

二段、三段と技を出し、不十分ながら竹刀を何度も弥司郎右衛門の体に触れてみせた。

長沼正兵衛も、せめて一本は中西道場に譲ってやらんと考えたのか、弥司郎右衛門の技が袍を何度か捉えたが、一本の宣告をしなかった。

足捌きもよく、次々と技を出す忠蔵の剣術が気に入ったので、弥司郎右衛門との打ち合いをしばし見ていたいと思っていたのかもしれない。

弥司郎右衛門も、四人まで勝ち抜いたのだ。

忠蔵との立合を楽しんだとてよかろうと、彼もまた打ち合いに応えたのである。

「止めい！」

互いの意図を解した正兵衛は、仕合を終らせて、

「既に勝敗はつき申した。これにて仕合は取り止めとし、今からはそれぞれ相手を見つけしばし、立合と参ろう」

と、号したのである。

十

完敗を喫した中西道場の五人は、その後、目の色を変えて直心影流の門人達と立合

い、稽古に没頭した。

中西忠太もまた、ここぞとばかりに長沼四郎左衛門と長沼正兵衛に稽古を願い、逆に藤川弥司郎右衛門から稽古を望まれ、受けて立った。

さすがに忠太は、小野派一刀流剣術を立合にいかに応用するかを長年探究してきた剣客であった。

四郎左衛門を楽しませ、正兵衛を感嘆させ、弥司郎右衛門には、

「先生、またいつの日にか、御指南を願いまする」

と言わしめた。

靭と袍を着けて稽古を始めて二月も経っていないのであるが、誰よりも上達し、道具着用による立合のこつを摑んだのが忠太であったわけだ。

そう考えると、誰一人として弥司郎右衛門に勝てなかった五人は、情けなさにがっくりとしていたが、その後の稽古では、それなりに長沼道場の門人達と立合が出来て、少し自信とやる気が戻ってきた。

稽古が終ると、忠太は道場の別室で四郎左衛門と正兵衛に、

「真によい稽古ができましてござりまする。御礼の申し上げようもござりませぬ……」

深々と頭を垂れた。

四郎左衛門は恐縮して、

「これ正兵衛、弥司郎右衛門はこのところお前に預けていたが、あれほど強うなっているなら、そのように申さぬか。ついうっかりと弥司郎右衛門一人で五人のお相手をさせてもらいましょう、などと言ったが、かえってお弟子達のやる気を削《そ》いでしもうたかもしれぬではないか」

おかしな八ツ当りを正兵衛にしたものだ。

「いえ、わたしは初めからこうなることを望んでいたのでござりまする。わたしの弟子共は、どういう理由《わけ》か自分は強いと勘違いをいたしておりまする。まずその鼻っ柱を折っておかぬと、来たるべき小野道場との仕合に不覚を取ることになりましょう」

「なるほど、そう思うてくださるならば、弥司郎右衛門にお相手をさせたことも、生きて参りましょう」

正兵衛はほっと息をついた。

四郎左衛門から、弥司郎右衛門一人に相手をさせると聞いた時、

「道具を着けての稽古をまだ始めたばかりの者達では、勝敗は自《おの》ずと知れておりましょう。確かに弥司郎右衛門一人が立合う方が、物々しさは薄れましょうが、今の弥司

郎右衛門は強うござりまするぞ」

そのように応えたはずなのだが、四郎左衛門は時に恍《とぼ》けてしまうのだ。

しかし老師は忠太から話を聞いた時に、忠太が仕合に何を望むか、瞬時に読み取ったのであろう。

もし自分が忠太の立場なら、荒くれの弟子達にはまず手痛い敗戦から始めさせる。それには弥司郎右衛門が適任だと判断したのに違いなかった。

正兵衛は、やれやれと頰笑んで、

「小野道場との仕合の日取りが決まれば、仕合の稽古をするつもりで、またこの道場にお越しくだされ。その時のお弟子達の上達ぶりを見るのが楽しみでござる」

と、忠太に告げた。

「それはよい……」

四郎左衛門も相槌を打つと、

「じゃが、某は中西殿とまた立合うてみとうござる。正兵衛も同じ想いゆえ、時には江戸見坂、愛宕下と……、いや、練塀小路にも呼んでくだされ」

「忝うござりまする。先生方に稽古をつけていただければ、その分、弟子達も上達いたしましょう」

忠太は四郎左衛門の厚誼に心を打たれ、手を合わさんばかりにして頭を下げた。

「いや、それは直心影流のためにもなることでござる」

四郎左衛門は、じっと忠太を見て、

「中西殿は近頃、弟子の指南に心がいっていて自分では気付いておらぬようでござるが、貴殿ほどの剣客はなかなかおりませせぬぞ」

つくづくと言った。

正兵衛が真顔で相槌を打った。

忠太は体が宙を浮くほどに喜んで、

「これは嬉しゅうございまする。そういえばもう何年もこのように誉められたことが、ございりませなんだ。ははは、いくつになっても、心地のよいものでございますな。左様で……、わたしもそれなりの剣客になれましたか！」

忠太はたちまち笑顔になったが、弟子達が完敗して落ち込んでいるのに、笑っているのも具合が悪いと咳払《せきばら》いをして、

「また、改めて御礼に参上仕りまする」

と、その場を下がり、稽古場で半ば呆然《ぼうぜん》自失の五人の前では鬼の形相となり、

「もしや勝てるかもしれぬ……、などと思うていた己を嘲笑うがよい。口惜《くや》しいか？

口惜しければ帰って稽古だ！」

　ぴしゃりと言った。

　稽古場では、正兵衛の弟子達が既に稽古を始めていて、隅で佇《たたず》む安川市之助もまた呆然と立ち竦《すく》んでいた。

「市之助、まずこんなものだ。おぬしも励めよ！」

　そして忠太は市之助に一声かけ、門人達を率いて道場を出た。

　門を出ると、道具着用による仕合、立合が〝子供の遊び〟などではなく、相当に精度があり、激しく実戦に役立つものだと思い知らされた有田十兵衛が、その感動を胸にゆったりと歩き始めていた。

「十兵衛殿！　わざわざ見てもらうまでもなかったようだ！　酒井先生に、中西の連中はなす術《すべ》もなく負けたと伝えてください！」

　忠太は有田に軽やかに声をかけ、きょとんとする相弟子を残して、五人の門人達を、

「下を向くな。背筋を伸ばせ。二度とでかい口を叩くなよ。そして、次は勝て！」

と叱《しか》りつけながら、東海道の往還を北に向かって歩き出した。

　門口には、これを見送る長沼四郎左衛門がいた。

　――真におもしろい男よ。小野次郎右衛門忠一先生も、もう少し長生きをなされば、

あの御仁と新たな一刀流を拓く楽しみを得られたであろうに。

四郎左衛門の傍らには市之助がいた。

「どうじゃな。仕合を見てよかったであろう」

「はい……。何やら心の内を打ち砕かれた想いにござりまする」

市之助は畏まってみせた。

藤川弥司郎右衛門の強さもさることながら、完敗したものの、仲間の五人はしっかりとした剣術で立ち向かっていた。何よりもその立派さが衝撃であったのだ。

「中西殿の弟子達は、きっと強うなるぞ」

四郎左衛門はニヤリと笑った。

「弥司郎右衛門が容易う勝てたのは、五人の剣術がしっかりと鍛えられていたからじゃ」

「鍛えられていたゆえ、勝てた……？」

「あの五人が喧嘩剣法で立合えば、弥司郎右衛門も苦労をしたであろう。喧嘩の名人は、修羅場を潜《くぐ》った強さと、相手を倒す工夫が身に備っているゆえ、なかなか倒されぬ。じゃがのう、所詮《しょせん》喧嘩剣法ではその辺りの鈍《なまく》ら侍は倒せても、真に剣を極めた者には勝てぬ。あの五人はしっかりとした剣術をしていた。それゆえ弥司郎右衛門は立合い易かったのじゃな。とは申せ、あの五人がこれから道具を着け技を磨けば、この次に弥司郎右衛門が今日のように勝てるかどうかはわからぬ」

「なるほど……」

「安川市之助であったな。そなた、本心ではあの連中と共に剣を学びたいのであろう」

「いや、それは……」

「おれがそなたであれば、きっとそのように思うであろうよ」

四郎左衛門が、いかにも楽しそうに笑った時、中西道場の六人の姿は黒い点となって、往来の中に消えていった。

十一

かくして、中西道場では再び猛稽古が始まった。

「父上にはしてやられました」

忠蔵は、忠太に仕合で踊らされたと気付いていた。

忠太は初めから仕合の結末を予想していた。

負けたことで発憤させ、酒井右京亮の目を欺く。そして新たな中西道場の稽古に道筋をつける――。

「されど、してやられたことが心地ようござりまする」

門人達の中心にいる忠蔵は、あの屈辱と口惜しさが、道具作りによってまとまった門人達を、さらにひとつにしたと感じている。

相変わらず喧嘩口論は絶えないが、それさえも彼らの絆を深める手段になっていた。

そんな中西道場を笑う者もいる。

酒井右京亮は、有田十兵衛から中西道場惨敗の報を聞いて、大いに元気を取り戻していた。

「これで中西忠太も思い知ったであろう。所詮はできそこないの破落戸《ごろつき》達に、剣術などできるものではないとな」

お蔭で有田は、右京亮の煩《わずらわ》しさからは逃れられた。

彼は、藤川弥司郎右衛門がいかに強い剣士か、道具と竹刀の仕合の凄《すさま》じさ、中西道場の出来損いが侮れぬ力を秘めていることなどは一切解説しなかった。

「事実を報せたのだ、文句はあるまい。喜ばせておけばよいのだ」

という、有田独特の世渡りでもあったが、

「あの仕合の妙は、観《み》た者でないとわからぬ。それをあの石頭に説いたとて疲れるだけだ」

少しばかり、相弟子の肩をもってやりたい想いの表れでもあった。

変わり者で、何かと面倒をかけられる中西忠太であるが、彼は自分にはない情熱で、確かに一刀流に新たな風を吹き込んでいる。

それには見直すべきものがある。

「馬鹿な男だ……」

と、何度も顔をしかめて見てきた男が、いささか羨《うらや》ましくも思えるのである。

さらに、中西道場への想いを募らせる若者がいた。

安川市之助である。

男としての意地と、中西忠太に対する言いしれぬ恐怖、離れていても未だに仲間として付合ってくれる忠蔵達五人の友情――。

それらが相俟《あいま》って、

――今さら中西道場に未練などない。

と、強がってきた市之助であった。

それが自分の本意でないのはわかっていても、この次何かをしでかして、中西道場を出なければならなくなれば、母・美津に対しても恰好がつかなかった。

しかし、長沼四郎左衛門ほどの剣客から、入門を願ったにもかかわらず、自分が市之助の立場なら、きっと中西道場で仲間達と共に剣を学びたいと思うであろう、と言われた衝撃が、

——そうだ、おれはずっとそれを望んでいたのだ。

市之助を我に返らせたのだ。

有田十兵衛でさえ、心を動かされた愛宕下での仕合に、若き市之助が心を揺さぶられぬはずはなかったのだ。

四郎左衛門は、

「中西殿がどうしてもおぬしを再び弟子にしてくれなんだ時は、また訪ねてくるがよい」

あの仕合の日に、市之助に告げた。

それで肚《はら》は決まった。

しかし、ひとつ越えねばならぬ山は、母であった。

既に母には、長沼道場に行く、迷いはないと言っていた。

美津はどこまでもやさしい女《ひと》ではあるが、武家の娘で意思の強い一面がある。

これまでも何度か悪さが過ぎて、人の道を踏み外しかけた時、

「それは筋が通りませぬぞ！　あなたがそれをよしとするならば、母は御先祖様への申し開きのために喉《のど》を突いて死にまする！」

今にも短刀に手をかけんばかりに叱られたものだ。

市之助にとって、母を悲しませたり、苦しめたりすることはなによりも辛い。

道場については、市之助の心に迷いがないのなら任せると言ってくれた母に、中西道場へ戻りたいと切り出すのは勇気がいったのである。

——存外に気の小さな男だ。

市之助は自分が滑稽《こっけい》に思えてきた。

つい先日は、仲間達に智恵《ちえ》を請われ、やくざ者の親分にいっぱい食わせたほどの男が、母の前でもじもじとしているのだ。

——情けないことこの上ない。

それでも許しを得なければならない。

折を見て切り出そうと思っていると、美津はすっかりとお見通しで、

「何か話があるのでは……？」

愛宕下の道場で仕合を観てから三日後の夕餉の折に、美津は叱りつけるような厳しさを込めて、市之助に問うた。

何と話せば母が気持ちよく送り出してくれるかを考えているうちに三日が経っていた。市之助は、ついに観念して、

「剣術修行についてでござりまするが」

市之助は箸《はし》を置いて威儀を正した。

「そうだと思っていました。あれから、長沼先生を訪ねたのですか？」

美津も箸を置くと、市之助に向き直った。

整った美しい顔立ちは、厳しさを増すと篝火《かがりび》に浮かぶ能面のように、不気味な迫力を放つ。

「それが、訪ねてみたところ……」

市之助は、長沼四郎左衛門から言われたことと、中西道場の新たな挑戦に心を打たれた経緯を語り、

「もう一度、頭を下げて、中西先生の許で修行を続けたいと思うておりまする」

と、願いを告げた。

「そうですか……」

美津はにこりともしなかった。

「母上の重荷にはならぬようにいたしますゆえ、何卒お許しを……」

とにかく市之助は想いを伝えた。

「母を侮るではありません！」

その刹那《せつな》、美津は久しぶりの叱責を息子に浴びせた。

「いえ、決してそのような……」

「お黙りなされ。あなたは中西先生の許へ戻りたいと、ずうっと思うていたはず。それがわからぬ母と侮るでないと申しているのです。わたしの重荷？　笑わせるではありません。けちな用心棒のあなたなどよりよほどわたしは甲斐性があるのですぞ。市之助が剣で生きていくのは亡き夫の願い。それを果させるのはわたしの望みであり楽しみ。あなたに気遣われる覚えはありません。朝がくれば練塀小路にお行きなさい。先生があなたを許してくださるかどうかはわかりませんが、頭を下げ続けて、お弟子にしてくださるまで帰ってくるではありませぬ。よいですね！」

儚《はか》なげな母の体のどこにそれだけの迫力が秘められていたのだろうか。

どうやら女は妻となり母となると、違う生き物に変わるらしい。

何を言っても理屈になると、市之助はただただ涙ぐみながら、

「忝うございまする。畏まりました……」

頭を下げるしかなかったのである。

十二

桜は散り、青葉が繁る。

中西道場に相応《ふさわ》しい季節かもしれぬ。

その日の朝の道場は、定刻になっても竹刀で打ち合う音、床を踏み鳴らす音、勇ましい掛け声もなく静まりかえっていた。

師範・中西忠太の前に、六人の若者が平伏している。

五人の弟子達に加えて、そこに安川市之助の姿があった。

己が浅慮《せんりよ》を恥じ、無礼を詫び、長沼道場での感動を伝え、

「何卒、今一度、ここで修行をさせていただきたく、伏してお願い申し上げまする……」

市之助は昨日の母に続き、忠太に頭を下げているのだ。

市之助が訪ねて来て、稽古場の掃除をしている忠蔵達に、今日の趣旨を告げた時、
五人は大喜びしつつも、

「前もってそっと教えてくれていたら、少しは下拵えをしたというのに……」

忠蔵などは、それを残念がった。

しかし市之助は、

「いや、それではまた皆に迷惑がかかるかもしれないだろ。これは、おれが先生にお願いすることだからな」

分別くさい顔で仲間達の厚意に応え、奥から出て来た忠太に頭を下げたのである。

「わたし達からもお願いいたします……」

忠蔵達五人も、黙って見ていられず、共に頭を下げた。

忠太はというと、まったくの無表情で六人を見廻すと、まず弟子の五人に、

「お前達はわからぬ奴らだな。おれは市之助に今さら怒りはないが、許さぬと申したはずだぞ」

と、突き放した。

それから市之助を睨みつけると、

「こうしておれを訪ねて来て、素直に頭を下げ、地獄の稽古に戻りたいとは、お前もなかなか見上げたものだ。少し見ぬ間に大人になったようじゃのう。だが、お前はそれなりのことをしでかしたゆえ、おれに追い出されたのだ。忘れたとは言わさぬぞ」

淡々と語りかけた。

「忘れたわけではございませぬ……」

「そうか、申してみよ」

「先生の稽古の仕方に疑いを抱き、皆に、かつて先生が関口憲四郎なる者を立合で死なせてしまったことを、その真意も確かめずに言い立ててしまいました」

「真意などどうでもよい。関口憲四郎なる門人は、己が強さに酔い、小野道場の師範代に木太刀での立合を望んだのでおれが受けて立った、それだけのことだ。だがお前はそんな話を持ち出すことで、仲間の同意を得んとして、今村伊兵衛が気にくわぬ応えを返したのに腹を立て、殴りつけた……」

「どれも忘れてはおりません。何もかも、わたしの過ちでござりました」

「忘れたわけではないのなら、容易くこの稽古場で稽古を積めるとは思うておるまいな」

「何をいたせば、この稽古場に戻していただけるのでしょうか」

「なるほど、覚悟はできていると申すか」

「はい！　再び弟子にしてくださるのなら」

市之助は力強く応えた。

忠蔵達五人は、拝むように忠太を見た。

「よし、それほどまで申すなら、素振り用の木太刀で五千本振ったならば、再びの入門を認めよう」

「ありがとうございます！」

市之助はほっとした表情となり、額を床に擦りつけるように平伏した。

忠蔵達五人も、顔を見合わせて喜んだ。

素振り五千本は大変だが、市之助なら振れぬはずはない。

「だが、おれはこれから一刻ばかりで出稽古に参る。それまでに振り終えればの話だ」

ところが、忠太のその一言で一同は凍りついた。

素振り用の木太刀は竹刀の二倍以上の重さがあり、これを一刻で振るなどまず無理であろう。

調子よく振ったとて、後半になると体力が落ちて遅くなる。いくら市之助とて出来まい。

「お待ちくださりませ」

忠蔵が見かねて口を挟んだ。

「それは、端《はな》からできぬことにござりましょう」

「おれはお前に申し付けているのではない。市之助に申しておるのだ」

忠太はぴしゃりと忠蔵の言をしりぞけた。

「振ってみせましょう」

市之助は勢いよく立ち上がると、稽古の刀架にある木太刀を手にとった。間に休みを挟めば振れるかもしれぬが、一刻ばかりで五千本を振るのは無理だと彼もわかっている。

だが、市之助はこのまま引き下がれなかった。

中西忠太は余りにも大人げないではないか。

新田桂三郎、若杉新右衛門、平井大蔵も、口々に忠太に取りなそうと、

「先生……」

と、声を発した時、伊兵衛が立ち上がり、

「先生、そもそも市之助殿が道場を出るきっかけになったのは、わたしとの喧嘩でございます。喧嘩は両成敗《りょうせいばい》ですが、わたしは残らせていただいております。せめて、二千本をわたしに肩代わりさせてくださりませ」

と、真顔で言った。

「素振りの肩代わりだと？」

忠太は目を丸くして伊兵衛を見た。

「はい。わたしは商人の倅でございますので……」

伊兵衛は相変わらず真顔で言う。

「伊兵衛……」

市之助は、何を言い出すのだと苦笑したが、やがて伊兵衛の想いに涙を流した。

「ははは、伊兵衛、おもしろいことを言うではないか」

忠太は笑いながら伊兵衛の男気を称えて、

「よし、それならお前の分は五百に負けてやろう」

「いや、それでは……」

「忠蔵、桂三郎、新右衛門、大蔵にも五百だ。となると、市之助、お前は二千五百だな。さあ、六人で早く振れ、すぐにおれは出かけるぞ。ははは……」

怒っているかと思えば、またすぐに笑い出し、情けをかけているのか、おもしろがっているのか——。

やはり中西忠太という師範はよくわからぬ。

しかし、これで安川市之助の再入門は決まったのであろう。

門人達は、

「はいッ！」